ツバキ文具店

山茶花文具店

小川糸 Ogawa Ito —— 著

王蘊潔 —— 譯

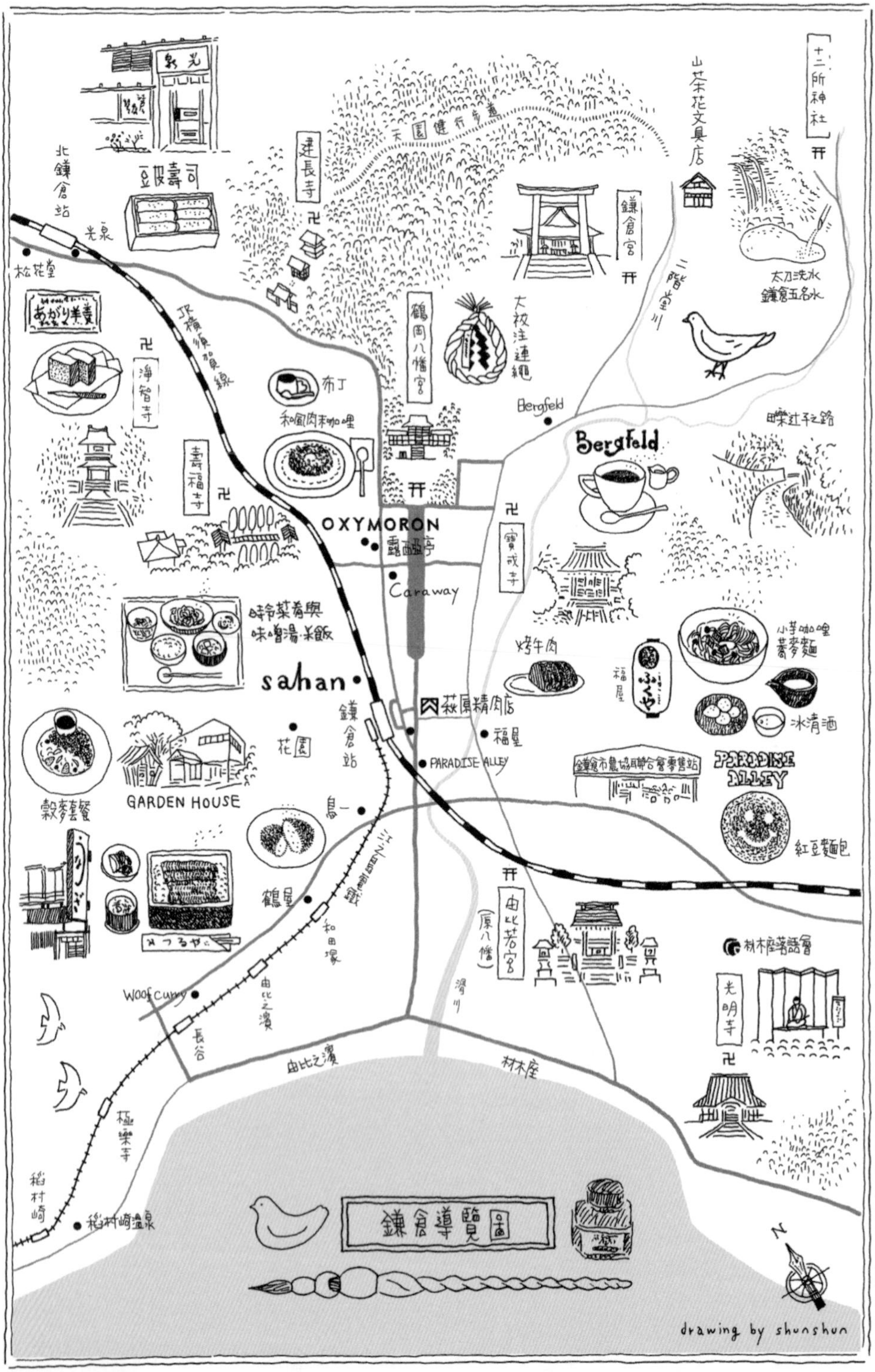
豆皮壽司
北鎌倉站
光泉
松花堂
あがり羊羹
浄智寺
JR橫須賀線
建長寺
天園健行步道
山茶花文具店
十二所神社
鎌倉宮
太刀洗水
鎌倉五名水
二階堂川
鶴岡八幡宮
大枚注連繩
布丁
和風肉咖哩
Bergfeld
Bergfeld
田樂辻子之路
壽福寺
OXYMORON
露西亞亭
Caraway
寶戒寺
時令菜肴與
味噌湯·米飯
sahan
烤牛肉
福屋
小芋咖哩
蕎麥麵
冰清酒
萩原精肉店
鎌倉站
花園
福屋
PARADISE ALLEY
鎌倉市農協聯合會零售站
PARADISE ALLEY
紅豆麵包
穀麥套餐
GARDEN HOUSE
鳥一
江之電鐵
鶴屋
和田塚
由比若宮
(元八幡)
林木座落語會
光明寺
Woofcurry
由比之濱
長谷
滑川
由比之濱
材木座
極樂寺
稻村崎
稻村崎溫泉
鎌倉導覽圖
N
drawing by shunshun

夏

我住在位於丘陵山麓的一間獨幢小房子裡，地址屬於神奈川縣鎌倉市。雖說在鎌倉，但我住在靠山的那一帶，離海邊很遠。

以前我和上代一起住在這裡，但上代在三年前去世，如今我獨自住在這幢老舊的日式家屋中。因爲隨時可以感受左鄰右舍的動靜，所以並不特別覺得孤單。雖然入夜之後，這一帶就像鬼城，籠罩在一片寂靜中，但天一亮，空氣便開始流動，到處傳來人們說話的聲音。

換好衣服、洗完臉後，在水壺裡裝水、放在爐上煮滾，是每天早晨必做的事。趁著燒開水時，拿起掃把掃地、擦地，把廚房、緣廊、客廳和樓梯依次打掃乾淨。

打掃到一半時，水煮開了，於是暫停打掃，把大量開水沖進裝有茶葉的茶壺中。在等待茶葉泡開的這段時間，再度拿起抹布擦地。

直到把衣服丟進洗衣機後，才終於能坐在廚房的椅子上，喝上一杯熱茶。茶杯裡飄出焙炒的香氣。我直到最近才開始覺得京番茶[1]好喝，雖然小時候難以理解上代爲什麼要特地煮這種枯葉來喝，但現在，即使是盛夏季節，清晨要是不喝一杯熱茶，身體就無法甦醒。

當我怔怔地喝著京番茶時，鄰居家樓梯口的小窗戶緩緩打開了。那是住在左側的鄰居芭芭拉夫人。雖然她的外表百分之百是日本人，但不知道爲什麼，大家都這麼叫她；也許她以前曾經在國外生活。

「波波，早安。」

她輕快的聲音好像乘著風衝浪似的。

「早安。」

我也模仿芭芭拉夫人，用比平時稍微高一點的聲音說話。

「今天又是個好天氣，等一下有空來我家喝茶；我收到了長崎的蜂蜜蛋糕。」

「謝謝。芭芭拉夫人，祝妳也有美好的一天。」

每天早晨，我們都會隔著一樓和二樓的窗戶打招呼。我總會想到羅密歐與茱麗葉，很想暗暗偷笑。

一開始其實有點不知所措。因爲竟然連鄰居的咳嗽聲、電話的聲音，甚至沖馬桶的聲音都聽得一清二楚，有時候會產生錯覺，還以爲和鄰居同住在一個屋簷下。即使沒有特別注意，也會很自然地聽到對方的動靜。

直到最近，才終於能夠鎮定自若地和鄰居打招呼。和芭芭拉夫人道過早安，我一天的生活終於正式開始。

我叫雨宮鳩子。

1　烘焙茶的一種，所使用的枝葉較大而硬，乾燥後以大火烘焙而成，帶有煙燻香氣。

上代爲我取了這個名字。

名字的來歷，當然就是鶴岡八幡宮的鴿子[2]。八幡宮本宮樓門上的「八」字，是由兩隻鴿子靠在一起組成的。又因爲〈鴿子波波〉這首童謠的關係，所以從我懂事的時候開始，大家就叫我「波波」。

只不過，一大早就這麼潮溼，眞讓人不敢恭維。鎌倉的溼氣超可怕。剛出爐的法國麵包很快就變得軟趴趴，而且還會發霉；原本應該很硬的昆布，在這裡也完全硬不起來。

晾完衣服後，馬上去倒垃圾。名爲「垃圾站」的垃圾堆放處位在流經這一帶中心的二階堂川橋下。

可燃垃圾每週收兩次，其他紙類、布類、保特瓶和修剪的樹枝、樹葉，以及瓶瓶罐罐，每週只收一次；週六和週日不收垃圾；不可燃垃圾每個月只收一次。一開始覺得垃圾分類分得這麼細，眞是煩不勝煩，但現在已經能夠樂在其中。

倒完垃圾，剛好是小學生背著書包，排隊經過我家門口去上學的時間。小學就在離我家走路幾分鐘的地方，走進山茶花文具店的客人，大部分都是就讀這所小學的學童。

我再度打量自己的家。

對開的老舊門板上半部鑲著玻璃，左側寫著「山茶花」三個字，右側寫著「文具店」。店如其名，門口的確種了一棵高大的山茶樹，守護著這個家。

釘在門旁的木製門牌雖然已經發黑了，但定睛細看，仍然可以隱約看到「雨宮」二字。雖說只是信筆揮灑，但玄妙入神。不論玻璃上或是門牌上的字，都是上代寫的。

雨宮家是源自江戶時代、有悠久歷史的代筆人。

這個職業在古代稱爲「右筆」，專門爲達官顯貴和富商大賈代筆；靚字——寫一手好字當然成爲首要條件。當年，鎌倉幕府裡也有三位優秀的右筆。

到了江戶時代，大奧中也有專爲將軍正室和側室服務的女性右筆。雨宮家的第一代代筆人，就是在大奧服務的女性右筆之一。

自此之後，雨宮家傳女不傳男，代代皆由女性繼承代筆人這份家業。上代是第十代，我繼承了她的衣缽；不，實際上是當我回過神時，發現自己莫名其妙變成了第十一代代筆人。

以血緣關係來說，上代是我的外祖母，但是從小到大，她從不允許我輕鬆地叫她一聲「阿嬤」。上代在從事代筆人業務的同時，一個人把我撫養長大。

只不過現在的代筆人和以前大不相同，舉凡替客戶在紅包袋上署名、寫雕刻在紀念碑上的文章、寫有新生兒與父母名字的命名紙、招牌、公司經營理念和落款之類的文

2　日文的「鳩」即鴿子之意。

字，都成爲主要的業務內容。

只要是寫字的工作，上代來者不拒，不管是老人俱樂部頒發給門球冠軍的獎狀，還是日式餐廳的菜單，或是鄰居家兒子找工作時用的履歷表，她都照接不誤。

雖然表面上開了一家文具店，但是說白了，其實就是和文字相關的打雜工。

最後，我爲文塚換了水。

雖然外人會覺得那只是一塊石頭而已，但對雨宮家來說，這塊石頭比菩薩更重要。那是埋葬書信的地方。如今，盛開的蝴蝶花圍繞在文塚周圍。

早晨的工作終於告一段落。

在山茶花文具店開始營業的九點半之前，是我的片刻自由時間。今天我要去芭芭拉夫人家，共度早餐後的早茶時光。

回想起來，我這半年很拚命。雖然上代去世後，大部分後事都由壽司子姨婆幫忙處理，但仍然有一些無法憑壽司子姨婆一己之念處理的麻煩事；因爲當時我逃到國外，使得待處理的雜事堆積如山。我在回國後，帶著彷彿刷洗燒焦鍋底般的心境，緩慢而肅穆地解決了這些事。而所謂鍋底的焦痕，主要是關於遺產和權利的事。

在二十多歲的我眼中，那種事根本微不足道。但上代在年幼時被雨宮家收爲養女，所以有許多複雜的隱情。雖然我曾經有一股衝動，想把所有事情統統丟進垃圾桶，但想到某些大人在等著看笑話，反而在緊要關頭激發我產生了一丁點動力。

而且，如果我眞的放棄一切，這幢房子馬上就會遭到拆除，變成停車場或是改建成公寓。如此一來，我最愛的山茶樹也會被砍掉。

我無論如何，都希望親手保護這棵從小就很喜愛的樹。

這天下午，我被電鈴聲驚醒。

我似乎在不知不覺中睡著了。淅瀝瀝打在地面的雨聲成爲絕佳的催眠曲。

這幾天，中午過後都會下雨。

我每天早上九點半打開山茶花文具店的店門開始營業。觀察客人上門情況的同時，也在後方的廚房吃午餐。因爲早上只喝熱茶、吃一點水果，所以會好好吃一頓午餐。

今天店裡沒什麼客人，所以不小心在裡頭的沙發上睡著了。原本只打算瞇一下眼睛，沒想到竟然睡熟了。也許經過半年時間，已經適應了這裡的生活、不再感到緊張吧，最近經常覺得很睏。

「有人在嗎？」

女人的聲音再度傳來，我慌忙往店堂跑去。

剛才聽聲音時，就覺得有點熟悉，一看到臉，果然是認識的人。她是附近魚店「魚福」的老闆娘。

「哎喲，波波！」

魚福的老闆娘一看到我，雙眼立刻發亮。

「妳什麼時候回來的？」

她的聲音還是那麼乾脆爽朗。手上拿了一大疊明信片。

「今年一月。」

魚福的老闆娘聽到我的回答，立刻提著長裙的裙襬，單腳伸向另一隻腳後方，用搞笑的方式彎下身子鞠了一躬。沒錯沒錯，魚福的老闆娘以前就這樣。我不由得懷念地回想起這件事。

以前只要上代差遣我去買晚餐的食材，魚福的老闆娘就會把糖果、巧克力或花林糖之類的甜食塞進我嘴裡。她明知道上代禁止我吃這種甜食，卻仍然硬塞給我吃。小時候我經常抱著一絲夢想，覺得如果我媽媽是像她一樣的人，一定很幸福。

但是，雖然就住在附近，爲什麼整整半年都沒見到她？這件事讓我感到有點不安。老闆娘笑著對我說：

「我娘家的媽媽臥病在床，所以我前一陣子一直待在九州。我們剛好擦身而過，所以都沒有遇見。看到妳很有精神的樣子，眞是太高興了！之前還經常和爸爸聊起，不知道波波最近好不好。」

魚福老闆娘口中的「爸爸」是指她的丈夫。她丈夫幾年前罹患重病去世了。我之前在加拿大打工度假時，壽司子姨婆用電子郵件告訴了我這件事。

「太好了，每年都有很多客人期待收到我們的盛夏問候卡。本來還在煩惱，不知道今年該怎麼辦，幸好聽說山茶花文具店又開張營業了。我原本還不太相信，所以過來看一下，眞是太高興了！」

魚福老闆娘一邊口齒清晰地說著，一邊把手上那疊明信片交給了我。那是郵局發行的夏季明信片，還可以參加抽獎。

老闆娘的字並不難看，就像是漂亮的羽衣輕柔地在天空飄舞著，但她每年都委託山茶花文具店代筆。唯一的原因，就是彼此都是從上代開始就建立了交情。

「那就麻煩妳按老樣子處理。」

「沒問題。」

生意就這樣談成了。

老闆娘站著和我閒聊了一會兒便離開了。

無論是穿了多年的花卉圖案圍裙，還是及踝的白襪，或是夾住瀏海的大髮夾，一切都讓我感到懷念。如今，魚福這家店已經交給她兒子和媳婦負責，她本人則含飴弄孫享清福。老闆娘有三個孩子，全都是兒子，所以她說不定是把當時還年幼的我當成自己的女兒般疼愛。

我翻開月曆，用粉紅色的螢光筆在小暑和立秋的日子做了記號。在小暑前的是梅雨季問候，小暑和立秋之間才是盛夏問候，一旦過了立秋，就變成殘暑問候了。我很久沒有接到這麼大宗的代筆工作。

洗把臉醒腦後，我立刻開始進行準備工作。

首先拿出使用多年的魚形印章，在明信片背面蓋上魚福專用的圖案。這是很簡單的作業，可以在顧店時完成。接魚福的盛夏問候卡已經有好幾年，不，已經好幾十年了，雖然內容很簡單，但由於數量驚人，所以不能輕忽。上代把使用多年的各種道具都分箱收藏得很好。因爲是多年的老客戶，即使不需要一一確認內容，也可以寫出很有魚福特色的盛夏問候卡。

問題在於正面。每一張卡片寫的內容都不同，無法像背面那麼簡單。

空著肚子沒力氣握筆，在文具店打烊後，我決定先去吃晚餐。

每天的晚餐幾乎都是外食，雖然伙食費的開銷比較大，但我懶得自己下廚做一人份的晚餐，幸好鎌倉是觀光勝地，有很多餐廳，不必擔心找不到東西吃。

享受完今年第一次的中式涼麵，我繞路去了鎌倉宮。雖然我很習慣一個人走路，但鎌倉的夜路很暗；尤其靠山這一帶的路燈很少，還不到晚上八點，便已伸手不見五指。

爲了給自己壯膽，我走路時故意拖著木屐，發出聲響。雨在傍晚就停了，但天氣不太穩定，隨時可能下起傾盆大雨。

如果說，鶴岡八幡宮這處神社是祭祀鎌倉幕府的開創人源賴朝，那麼鎌倉宮就是祭祀鎌倉幕府終結者的神社。神社後方至今仍然保留著主祀護良親王當年遭到幽禁的土牢，只要付費，就可以進去裡面參觀。

因此，同時參拜鶴岡八幡宮和鎌倉宮總讓我有一絲愧疚感，但也不能偏袒某一方，所以仍一如往常地合掌祭拜。沿著階梯往上爬，燈光照亮了本殿前方的巨大獅子頭。回到家，沖個澡、洗淨身體後，把平時放在壁櫥角落的書信盒拿了出來，緩緩打開蓋子。上代送我的這只桐木書信盒裡放著自來水筆、鋼筆等所有代筆工作相關的工具。書信盒蓋子表面有一隻用螺鈿鑲嵌成的鴿子，這是上代特地向京都的工匠訂做的製品，但原本用寶石鑲的鴿子眼睛已經掉了，尾巴也用膠帶黏了起來。這也成爲讓我回想起不愉快過去的證據。

我這輩子永遠不會忘記，我學會的第一句話就是「以呂波」[3]。我在一歲半的時候，可以準確無誤地背完從「以、呂、波、耳、本、部、止」開始，到最後「無」爲止的五十音習字歌[4]。記憶中，我三歲時可以用平假名寫下習字歌；四歲半已經會寫所有的片假名。這是上代熱心教導的結果。

我在六歲時第一次拿毛筆。上代說，多練字就可以進步，於是在六歲那一年的六月六日，我拿起有生以來第一枝自己專用的毛筆。那是用我的胎毛製作的毛筆。

3　原書是以假名所寫的「いろは（i ro ha）」，為了便於閱讀，以文字表示讀音。

4　即從「い（i）ろ（ro）は（ha）に（ni）ほ（ho）へ（he）と（to）」到五十音的最一個字母「ん（n）」。

我至今仍然清楚記得當天的事。

吃完營養午餐，從學校一回到家，上代已準備好新襪子在家裡等我。那是一雙很普通的長筒襪，只有小腿旁繡了一隻兔子而已。當我換上新襪子後，上代緩緩地對我說：

「鳩子，妳來這裡坐。」

她的表情從來不曾像那一刻般如此嚴肅。

我聽從上代的指示，在矮桌上鋪好墊板、放上宣紙，再用文鎮壓住。我模仿上代的樣子，自己動手完成這一連串作業。硯臺、墨條、毛筆和紙整齊地排放在面前。這四樣東西稱爲「文房四寶」。

我在聽上代說明時，拚命克制焦急的心情。不知道是否因爲興奮的關係，我甚至不覺得腿麻。

磨墨的時間終於到了。用硯滴把水倒進硯臺的墨堂。這是我夢寐以求的磨墨時間。墨條摸起來那種有點涼涼的感覺讓我內心悸動不已。我一直想試試磨墨。

在此之前，上代禁止我碰觸她的代筆工具。看到我拿毛筆在腋下搔癢，就會馬上把我關進儲藏室，有時甚至不准我吃飯。但是，她越叫我不能靠近，我就越想靠近，越想親手摸一摸。

在這些工具中，最吸引我的就是墨條。那塊黑色的東西含在嘴裡不知道是什麼味道？一定比巧克力、比糖果更美味。我滿懷確信地這麼認爲，而且愛死了上代磨墨時飄來那股淡淡的、難以形容的神祕香氣。

所以，對我來說，六歲那年的六月六日，是我盼望已久的書法初體驗。雖然手上拿著夢寐已求的墨條，卻怎麼也磨不好，上代對我大發雷霆。

雖然只是在墨堂磨完墨後，再推入儲墨的墨池這麼極其簡單的動作，但六歲的我怎麼也做不好。斜斜地握著墨條，想磨得快一點，但上代立刻打我的手，我根本無暇把墨條含在嘴裡嘗味道。

這天，上代要我在宣紙上不停寫「○」。就像在寫平假名的「の（no）」一樣，持續不斷地畫圈。當上代撐住我的右手時，我可以輕鬆畫圈，但輪到我自己寫的時候，線條就變得歪七扭八，就像迷路似的；粗細也不一，時而像蚯蚓，時而像蛇，有時候甚至像鼓著肚子的鱷魚，筆下的圓圈一點都不穩定。

筆管不要倒下，要筆直豎起來。

手肘抬高。

不要東張西望。

身體正面朝前。

注意力集中在呼吸上。

越是想要同時完成上代的所有要求，我的身體越容易傾斜，呼吸節奏紊亂，動作也變得畏首畏尾。眼前的宣紙上寫滿了畸形怪狀的圓圈。因為一直重複相同的事，所以開始感到厭倦。畢竟我當時才讀小學一年級。

所以，六歲那一年的六月六日，這個第一次練書法的日子，並沒有成為一個燦爛輝煌的日子，但我為了不辜負上代的期待，之後仍然刻苦練習。

終於能夠一口氣把順時針的圓圈寫成相同的大小後，又開始用相同的方式練習逆時針的圓圈。

非假日時，每天吃完晚餐後，就是練書法的時間。二年級之前，每天練一個小時；三、四年級時，每天練一個半小時；升上五、六年級後，每天要練兩個小時。而上代也都陪著我一起練習。

練習逆時針的圓圈時，起初根本不知道寫到哪裡，但漸漸終於可以順利畫出大小相同、粗細均勻，形狀也四平八穩的圓圈。

努力有了回報。終於，即使閉上眼睛，我也能輕鬆畫出漂亮的圓圈。

圓圈的練習結束後，又接受了逐一練習平假名的特別訓練，直到能完美寫出「いろはにほへと」等所有平假名。我在練習的時候發揮了想像力：

「い」是兩個好朋友一起坐在原野上，面對面開心地聊天。

「ろ」是天鵝優雅地浮在水面上。

「は」的第一筆就像飛機降落在跑道上般，之後再度朝天空展翅而去，在空中表演特技。

一開始先把紙放在上代爲我寫的範本上照樣摹寫，之後再看著範本臨摹，最後即使不看範本，也能夠默寫出來。通過上代的考核後，才終於能接著寫下一個平假名。

每個文字都有背景，都有發展的過程。雖然對於當年還是小學生的我來說，要理解這些有點困難，但有時候，了解成爲假名基礎的漢字，就能夠透過形狀記住假名的正確寫法。

當時所用的字帖是《高野切第三種》，它被認爲是《古今和歌集》現存最古老的抄本。上代說，接觸好字有助於進步，所以當別人在看繪本時，我每天都得翻閱這本字帖。

雖然我完全看不懂那些被認爲由紀貫之所寫的文字內容，但覺得那些字妖豔而美麗。我覺得那每個行雲流水般的文字，就像是把正式禮服十二單衣一件一件脫下似的。

我花了大約兩年時間，才終於能漂亮地寫出五十音的平假名和片假名。小學三年級那年的夏天，我正式開始練習漢字。

只要遇到長假，上代的熱忱就更是旺盛。我沒有時間和同學一起去游泳或是吃刨冰，所以也沒有結交任何能很有自信稱爲「閨密」的朋友。班上的同學應該都覺得我很陰沉、不起眼、缺乏存在感吧。

我第一個練習的漢字是「永」字。接著又反覆練習了「春夏秋冬」和自己的名字「雨宮鳩子」，直到可以寫出漂亮的字體爲止。

平假名和片假名的字數有限，但漢字無窮無盡，簡直就像踏上了沒有終點、永無止境的旅程。而且，除了楷書，還有行書和草書。不同書體的筆順也各不相同，根本永遠學不完。

我的小學時代幾乎都在練字中度過。

回想起來，那時候的我沒有任何愉快的回憶。上代對我耳提面命，說只要耽誤一天，就要花三天的時間才能補回來，所以即使去校外教學或修學旅行時，也都帶著自來水筆，背著老師偷偷練書法。我一直相信這是天經地義的，從來不曾懷疑過。

我一邊回想起陳年往事，一邊端正姿勢，開始磨墨。

如今，水已經不會濺到硯臺外，也不會斜拿著墨條磨墨。

雖說磨墨有助於平靜心情，但我久未感受到全身意識朦朧的舒服感覺。

並不是想睡覺，而是自己的意識慢慢沉入某個深不見底的黑暗之處，只差一步，就可以達到出神的境界。

我試寫了一下，確認墨色的深淺後，在明信片正面寫上收件人的地址和姓名。

上代教我的書信禮儀第一課，就是要正確無誤地書寫收件人的名字。

上代不厭其煩地告訴我，信封是一封信的體面，所以必須寫得特別仔細優美，字跡清晰。

寫每一張明信片的地址時，都要稍微調整位置，讓收件人的姓名能夠剛好位在明信片正中央。

上代徹底追求字體的優美，至死不渝；但也隨時提醒自己不能自命清高、孤芳自賞。

即使寫得一手靚字，如果別人完全看不懂，就無法稱得上是精粹，反而會變成一種庸俗。

這句話是上代的口頭禪。不論字寫得再好，若心意無法傳達給對方，就失去了意義。所以，她平時雖會練習草書，但實際進行代筆工作時，幾乎不曾用草書寫過。

簡單明瞭最重要，以及代筆人不是書法家這兩件事，是我從小就牢記在心的，所以也一直遵守上代的教誨，寫信封時的筆跡特別清晰，而且使用任何郵差都能夠一目了然的楷書。

而且，上代還規定，書寫數字時，爲了避免錯誤，一律統一使用阿拉伯數字。

我花了將近一個星期，完成了魚福老闆娘委託的盛夏問候卡。令人高興的是，沒有寫錯任何一張。

忙著張羅這些事時，六月也接近了尾聲。今年的梅雨季很短，眼看著就快結束了。

六月三十日是鶴岡八幡宮每年固定舉行大祓儀式的日子。

下午，我比平常稍微提早了一點走出家門，一路閒逛往八幡宮去。山茶花文具店每週六下午、週日和國定假日都休息，所以今天可以放心外出。

我要去領新的大祓注連繩。

大祓注連繩是將注連繩[5]兩端綁起來的環狀裝飾，許多鎌倉的人家都會把它掛在大門口，只有在每年舉行兩次的大祓儀式時才能換新。

六月三十日的夏越大祓時所發的大祓注連繩中央，掛著水藍色的紙帶；至於十二月三十一日的除夕大祓時所發的大祓注連繩中央，掛的則是紅色紙帶。山茶花文具店目前還掛著一年前的舊大祓注連繩。

雖然我算不上是個虔誠的人，但在大祓注連繩這件事上，我想規規矩矩遵守習俗。上代也一樣，無論工作再怎麼忙，每年兩次的大祓儀式都絕不缺席。

我先去繳納了三千圓的供奉費，領取了新的大祓注連繩。因爲時間剛好，所以就去參加了大祓儀式。

鑽過用茅草製作的巨大茅草環那瞬間，立刻明確感受到夏天的氣息。天空明亮燦爛，看起來格外蔚藍。

我暗自覺得，鎌倉的一年始於夏季。兩隻老鷹很有威嚴地在茅草環另一邊的高空盤旋著。

用像是寫數字「8」的方式鑽過茅草環三次，最後從侍奉神明的巫女手上接過神酒、含在嘴裡，心裡的糾結便輕柔地解開了。天空看起來變得更藍，自己也好像融入了藍天之中。

踩著軟綿綿、有些醉意的步履回家後，立刻把新的大祓注連繩掛在店門口。終於能用煥然一新的心情迎接夏天了。

因為四下無人，我小聲地說了聲：「新年快樂。」不知道是否聽到了我說話的聲音，一陣南風吹來，輕輕吹動了水藍色的紙帶。

第二天，蟬開始放聲大鳴，彷彿證明夏天真的來了。

昨天還靜悄悄的，月曆剛翻到七月那一頁，蟬就開始唧唧鳴叫，這實在太奇妙了。

今年的梅雨季提早結束，名副其實的夏天正式報到了。

不過說真的，夏季是山茶花文具店的淡季。不光是山茶花文具店，就連來鎌倉的人也不多。即使車站周圍很熱鬧，但十之八九都是去由比之濱的海水浴場或材木座。

北鎌倉的明月院雖以繡球花聞名，但一到七月，就會把所有的花都修剪掉，所以這一帶並沒有什麼觀光景點，而且，鎌倉的夏天熱得要命，遊客根本沒心情觀光。

因為店裡生意冷清，所以我乾脆專心整理家裡。雖然壽司子姨婆大致整理乾淨了，但家裡仍然到處殘留著上代留下的東西。

5 多以稻草和麥稈捻成，象徵地域或空間的潔淨與神聖。

如果是值錢的東西，還可以請古董商來家裡收購，但上代的遺物沒有任何歷史價值，大部分都是無用的廢紙，甚至還有看起來像是我以前練書法的宣紙。我把這些東西全都塞進垃圾袋。就算偶爾有客人上門，只要按店門口的電鈴，即使我在後頭，也可以馬上聽到。

文具店的營業時間從上午九點半到太陽下山，轉眼已是黃昏，我正打算打烊。電鈴聲輕輕響起。

我跑向店堂，一位年紀看來不到七十歲、典型的鎌倉女士站在那裡；但我以前沒見過她。

嬌小的她穿著一件藍底白色小圓點的燈籠袖洋裝，手上的陽傘也是和洋裝一樣的圓點圖案。頭上戴了一頂優雅的花朵草帽，手上戴著白色蕾絲手套，全身上下看起來就像一瓶可爾必思。

歡迎光臨。我向她打招呼，可爾必思夫人突然開口對我說：

「砂田家的權之助今天早上死了。」

看她的樣子，不像是來買文具的。可能是來委託代筆的客人。在這件事上，我的直覺和上代一樣敏銳。

顧名思義，山茶花文具店是一家賣文具的小店，代筆業務並沒有寫在招牌上，但附近的鄰居和以前的熟客不時會上門委託代筆。

「權之助……嗎？」

我既沒聽過權之助，也不知道砂田家是哪一戶人家。

「啊喲，妳不知道嗎？在這一帶很有名啊！」

「不好意思。」

我有預感，這件事說來話長。於是乘機請可爾必思夫人坐在圓椅凳上，她微微跛行了過來，輕輕坐在椅子上。

我從後頭的冰箱裡拿出冰麥茶，倒進杯中後，再端出來。我把麥茶放在托盤上，遞到她面前。

「我之前就聽說那孩子有心臟病。」

可爾必思夫人再度開口。

「大概是最近天氣突然變熱了，所以沒有體力撐下去了。明天是守靈夜，後天就要火葬。」

「這樣啊。」

雖然我還搞不清楚狀況，但還是跟著附和。我並沒有聽說這附近有誰發生了不幸。

「我的腿不方便，雖然很想趕過去，但沒辦法，所以我想，至少要寄個奠儀。」

仔細一看，可爾必思夫人的左腳腳踝包著繃帶，難怪剛才在店裡走動時，她的腳有點跛。

「是啊。」

我乖乖地應和著。

「所以我想請妳馬上幫我寫一封弔唁信，和奠儀一起寄過去。」

「好的。」

我怔怔看著她的手，簡短地回答。

上代曾經告訴我，當客人上門委託代筆時，不要盯著對方的臉。因為每個客人都有自己的難言之隱。從此之後，在聆聽委託代筆的客人說話時，我不會看著對方的眼睛，而是看著對方的手。可爾必思夫人的手曬得很黑，沒想到她手臂的肌肉飽滿，骨骼也很粗大。

「一想到砂田太太不知道有多難過……」

可爾必思夫人說著，拿出手帕擦了擦臉，不知道是擦汗還是擦眼淚。她的手帕也是圓點圖案。

「可不可以請您告訴我一些關於權之助的往事呢？」

聽到我的發問，可爾必思夫人雙手拿起麥茶的杯子，一口氣喝完了。雖然已經傍晚六點多，但溫度計的刻度仍然停在三十度左右。寫弔唁信之前，我希望稍微了解一下權之助。

「那孩子很聰明。」

可爾必思夫人得意地說。

「砂田家不是沒有孩子嗎？所以砂田太太和她老公商量之後，就把權之助帶回家了，聽說當初親戚都很反對。」

「所以說，權之助是砂田夫婦的養子嗎？還是寄養在他們家的孩子？」

要真是這樣，好不容易建立的緣分又斷了，砂田太太應該很難過。

「也許吧……」

可爾必思夫人不置可否地說著，而且語氣很微妙。她拿出自己的手機操作起來。

「找到了，這就是權之助啊。」

她給我看了張有點模糊的照片，說話的語氣似乎在責備我搞不清楚狀況。

起初我還看不清楚照片的主題是什麼，只知道那並不是人。

「是猴子嗎？」

我很沒自信地問，夫人點著頭，啪答一聲收起了手機。

「原來的飼主不幸辭世，所以牠被送到動物之家，後來砂田太太看到了牠。」

可爾必思夫人說著，從皮包裡掏出一只奠儀袋放在桌上。奠儀袋上浮貼著一張便條紙，上面寫有夫人的名字。

「不好意思，時間有點倉促，希望妳盡可能快一點。」

「好的，沒問題。」

「費用我過幾天送來，請妳準備好請款單。」

可爾必思夫人說完，用陽傘當成拐杖，微微歪著身子走出山茶花文具店。她的腳步比來時稍微輕快了些。

我關上店門，立刻開始工作。

喪事相關的信件有很多規矩，我翻開上代留下的家傳寶典，確認了相關要點。用力做了個深呼吸後，我才開始磨墨。

寫弔唁信時，磨墨的方向和平時相反，也就是要逆時針方向磨墨。平常向來是順時針方向磨墨，反方向磨墨很不順手，但還是用墨條把硯臺中央的水慢慢磨開，同時必須適時停止。因爲寫弔唁信所用的墨色不可太深。

在措詞上必須注意的是，必須避免使用「屢次」「再度」「又」「重複」等忌諱的詞彙。同時，因爲喪家都不喜歡死亡再度降臨，所以也不能寫以「此外」「又及」等詞開頭的附言，也不需要在收件人名字左下方寫上「親展」「御中」等表達敬意的文字，更不需要結尾語。

我靜靜拿起毛筆。

淚腺彷彿變成了磁鐵，瞬間吸收了世界上所有的悲傷。其中也包括小時候養的金魚翻肚死去時的哀傷，以及壽司子姨婆去世時的悲慟。

029 夏

突聞 權之助 訃報
不禁茫然仰望天空
着實令人難過不已
目前尚聽聞 權之助 病體欠安
正在靜心療養
完全無法相信
權之助這麼快就離我們而去
回想起來
權之助總是閃着一雙明眸
心如止水
對我亦是萬般親切

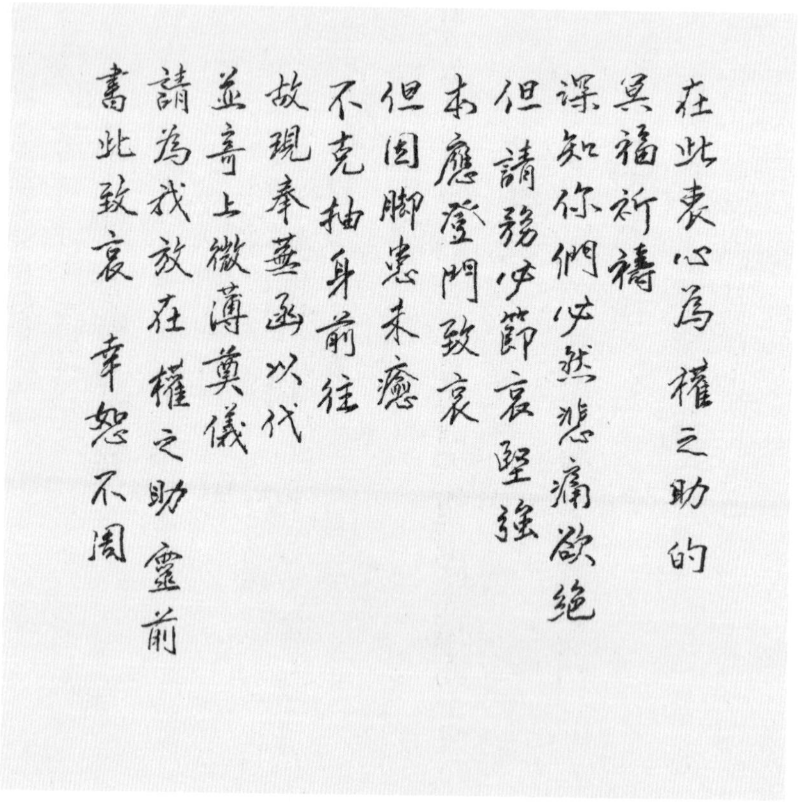

在此表心為權之助的
冥福祈禱
深知你們必然悲痛欲絕
但請務必節哀堅強
本應登門致哀
但因腳患未癒
不克抽身前往
故現奉蕪函以代
並寄上微薄奠儀
請為我放在權之助靈前
書此致哀　幸恕不周

我用比平時更淡的墨寫完弔唁信。

之所以要用較淡的墨，是代表因爲過度悲傷，眼淚滴落硯臺，而讓墨色變淡的意思。在寫這封信時，我的腦海中數度浮現出可爾必思夫人的面容。甚至有那麼一下子，我覺得自己的手和可爾必思夫人的手一起握著毛筆。

用淡墨在白色捲紙上寫完內文，再用和平時相反的方向將捲紙摺起，讓文字露在外側。一般來說，正式書信都會使用雙層信封，喪事所用的書信則使用單層信封，以免不幸雙至。如同參加葬禮時，必須避免濃妝豔抹或佩戴花俏的首飾，信封也和信紙一樣，都要使用素白色。

用淡墨在信封中央寫上收件人的地址和姓名，等墨乾後，再把完成的弔唁信裝進信封，然後直立放在有著上代和壽司子姨婆牌位的佛壇上的特等席——這是爲了避免弄髒重要的書信。信封封口並沒有黏合。無論信件的內容有多制式，我必定會等到隔天早上才黏貼封口，以便在充足的睡眠後，能以冷靜的頭腦重新檢視所寫的內容。

上代在生前常說，妖魔鬼怪會躲藏在晚上寫的信中。也許是因爲這個原因，所以她幾乎不曾在太陽下山後工作。

完成工作後，發現已經快九點了。夏蟬在白天聒噪地叫個不停，入夜後便安靜下來，四周一片寂靜，簡直就像身處深山祕境；只不過仍然悶熱不已。

我拿著皮夾，想外出隨便找點東西填飽肚子。鎌倉的商店一早就開門，但也很早就打烊，幸好還有幾家餐廳營業到深夜。不知道是否因爲專心寫弔唁信的關係，總覺得如果不喝點酒的話，腦袋這麼清醒，晚上會難以入睡。

我走進車站附近的葡萄酒酒吧，用顏色很漂亮的粉紅葡萄酒爲自己乾杯慶功。在爲權之助的冥福祈禱的同時，吃著加有白鳳豆和開心果的法式肉醬。這是我第一次寫弔唁信，不知道是否因爲順利完成工作而鬆了一口氣，比平時更快便有了醉意。我在十點半離開了酒吧，以免趕不上往鎌倉宮方向的末班公車。

隔天早晨，我再次仔細重讀了每字每句，確認沒有錯字、漏字和失禮的文句，然後小心翼翼地糊貼好信封，最後蓋上刻有「夢」字的封印章就大功告成了。

我將弔唁信附在奠儀裡，以掛號寄出。當然也沒有忘記在奠儀袋寫上可爾必思夫人的名字。

那個週末的早晨，我正在院子裡晾衣服，芭芭拉夫人向我打招呼。

「等一下要不要一起去吃早餐？」

「好啊。」

今天是星期天，山茶花文具店一整天都休息。

因爲今天沒事，原本打算去參加附近一家寺院舉辦的坐禪會，但早晨陽光太強烈，才晾個衣服就覺得渾身癱軟。難得去外面吃早餐也不錯，可以轉換一下心情。

「要去哪裡？」

我稍微提高了音量，讓芭芭拉夫人可以清楚聽到我的聲音。

芭芭拉夫人在繡球花圍籬後方仔細地擦著口紅。因爲連日酷熱，繡球花早已垂頭喪氣。雖然繡球花只要一枯萎，就露出很寒酸的樣子，但就算我和芭芭拉夫人交情甚篤，也不能擅自修剪她院子裡的繡球花。

「等妳準備好再叫我，好嗎？」

我正在晾最後一件內衣，芭芭拉夫人擦完很有氣質的粉紅色口紅後對我說。

雖然每次出門前，花很多時間準備的人都是芭芭拉夫人，但我並不會說什麼。芭芭拉夫人再度對著鏡子抿著雙唇，發出「啵、啵」的聲音。

好鄰居，就是即使沒有事先約好，也能視當時的氣氛，輕鬆地臨時相約出門。在我小時候，我家和芭芭拉夫人家之間並沒有這樣的交流。我不記得上代和芭芭拉夫人關係密切，但也不記得她們交惡，頂多是傳遞社區公告傳閱板的關係而已。

但是，就在我長大成人、一度離開鎌倉，又再度回來後，和芭芭拉夫人變得特別投緣，開始密切來往。之後，就和她維持著不即不離的良好關係。

早晨八點多，我騎著腳踏車，載著芭芭拉夫人出發了。雖然讓高齡的芭芭拉夫人坐在腳踏車的後座上有點不安，但她很靈活，緊緊抱住我的腰。側坐在腳踏車上的芭芭拉夫人，就像女學生般天眞無邪。

當我們颯爽地騎在還沒有什麼人的小町路上時，芭芭拉夫人提議說：

「今天天氣很不錯，要不要去『花園』？」

我內心也有相同的想法。

我們經過平交道、穿越鐵軌，來到後車站。橫須賀線的鐵路沿線都綻滿了白色的花朵，每次看到這片景象，就深刻體會到夏天來臨了。

來到今小路後，一路騎向「花園」。

花園就在紀伊國屋那個轉角、星巴克隔壁。目前這個季節，可以坐在戶外的露天座位，一邊眺望對面的一片山景，一邊用餐。

我點了吐司套餐，芭芭拉夫人點了穀麥套餐，我們一邊閒聊，一邊悠閒用餐。通常都是聊哪裡開了新的商店；哪家餐廳開了分店後，餐點味道變差了；或是咖啡店老闆對打工的女生性騷擾這些當地的八卦消息。每次津津有味地聊著這些無聊話題時，時間總是一下子就過去了。

喝完餐後咖啡時，已經快十一點了。芭芭拉夫人從她心愛的籐編包中拿出嶄新的iPhone。

「妳買了新手機嗎？」

我盯著她的 iPhone 問道。

「是小男友給我的，他說有了這個，就可以隨時連絡了。」

iPhone 的背景圖片是芭芭拉夫人的小男友之一。雖然在芭芭拉夫人眼中是小男友，但在我眼裡，都已經是如假包換的老爺爺了。

話說回來，芭芭拉夫人到底有幾個男朋友？我忍不住羨慕起來。桃花很旺的芭芭拉夫人整天都忙著約會。

聊著聊著，芭芭拉夫人的手機響了。「喂？」她發出的聲音已經進入了妖媚模式，讓我佩服不已。芭芭拉夫人必定是用這種方式，在無意識中向對方施了魔法。就連在一旁聽她說話的我，也忍不住小鹿亂撞，好像墜入了情網。

芭芭拉夫人掛上電話後，覺得很好笑似的聳了聳肩。

「他就在隔壁的星巴克。他說想早點見到我，所以提早到了我們約會的地方等我。那個人是順風耳，搞不好我們剛才聊天的內容全被他聽到了。」

芭芭拉夫人吐了吐舌頭，壓低聲音對我說。雖然她嘴上這麼說，但急急忙忙拿出粉餅盒，俐落地補了口紅。

只隔了一道圍牆的星巴克御成町店，直接使用了漫畫家橫山隆一先生的舊居，除了小型游泳池外，櫻花樹和紫藤架也都保留了下來。我想一個人長時間享受閱讀時光的時候，經常會去隔壁的星巴克。無論在裡面坐得再久，店員都不會給客人臉色看，感覺很不錯。

芭芭拉夫人今天的約會行程是開車去葉山一帶兜風，參觀美術館之後，傍晚去吃天婦羅，吃完再回家。雖然她也邀我同行，但一方面我是騎腳踏車來這裡的，而且也不想當電燈泡，於是便客氣地道謝並婉拒了。

「那改天再聊。」芭芭拉夫人邁著輕快的腳步離開了。帳單上放著五百五十圓，那是她剛才吃的穀麥套餐的錢。我暗自認爲，吃飯各自付錢，是鄰居之間維持良好關係的祕訣。

觀光客的身影漸漸多了起來，我也跟著起身離開。

只要看一眼，就可以分辨出是不是鎌倉本地人。正式迎來夏季的鎌倉，到處都是衣著清涼，從東京來海水浴場玩的年輕人。

學生開始放暑假後，原本生意就很冷清的山茶花文具店變得更加門可羅雀。上代曾因無法忍受店裡的生意太清淡，於是在店門口排放桌子，開設了書法教室，但她實在太嚴格，學生都逃走了，沒有人敢再上門。

話說回來，山茶花文具店的商品傳統到不行。

筆記本、橡皮擦、圓規、尺、麥克筆、膠水、鉛筆、剪刀、圖釘、橡皮圈、信紙、信封，全都是基本款中的基本款。

基本固然很重要，但這裡的商品完全沒有一絲玩興，所以色彩也很單調。我覺得應該賣一些除了附近的中、小學生之外，年輕女生也會喜歡的可愛漂亮文具。只不過我想歸想，遲遲沒有付諸行動。

店裡沒賣自動鉛筆也是一大失策。之所以不賣自動鉛筆，是上代嚴格堅持的執著。她認爲，鉛筆最適合寫字。

小孩子用自動鉛筆寫字簡直豈有此理。如果有學生上門買自動鉛筆，她就會生氣地把客人教訓一頓。把自動鉛筆簡化成「自動筆」的叫法，也會讓上代怒不可遏。

雖然銷量並不如人意，但對一家小文具店來說，這裡的鉛筆種類很豐富。「B」前面的數字決定鉛筆的深淺，數字越大，筆芯越柔軟，顏色也越深。銷路最好的是HB和2B這兩種筆芯較硬的鉛筆，店裡還有10B這種罕見商品。10B的筆芯直徑是普通筆芯的兩倍，是一枝要價四百圓的高級貨，也稱爲「毛筆鉛筆」。

天氣實在太熱，我懶得整理房間，於是一邊顧店，一邊用毛筆鉛筆練習五十音習字歌。

話說，家裡唯一的一部冷氣機壞了，請附近的電器行老闆檢查後，說維修的零件已經停產，無法修理。

所以家裡熱得像三溫暖。因爲山茶花文具店店面的唯一一部電風扇，就裝在天花板附近的牆上，所以我總是坐在那裡，一步都不想離開。最近我整天都坐在店裡，托著下巴顧生意。

以呂波耳本部止千利奴流乎，和加餘多。練字到一半時，竟拿著毛筆鉛筆就這樣睡著了。自從冷氣機壞了之後，我比以前更想睡。聽說睡覺是克服酷熱的防衛本能，所以我放任睡魔恣意作亂。

當我睜開眼睛時，沒想到和一個女孩四目相交，我嚇了一大跳。

我忍不住緊張起來，以爲該來的還是躲不過。不是我在自誇，鎌倉撞鬼的目擊情報層出不窮，尤其我住的這一帶更是頻繁。鎌倉在歷史上曾發生過激烈的戰役，到處都是有人遭到殺害，或整個家族慘遭滅門的地方。也就是說，鎌倉是一大靈異場所。

但是，眼前這個女孩似乎不是幽靈。我覺得她好像有點面熟，但想不起她是誰。她剪了個妹妹頭，看起來像是頭大身細的木偶娃娃「木芥子」。

木偶妹妹沒有向我打招呼，劈頭就說：

「阿姨，妳的字很漂亮。」

在小學生眼中，超過二十五歲的我當然是阿姨。尤其我今天找不到衣服穿，所以把上代生前常穿的無袖棉質洋裝穿在身上，看起來說不定更老氣。

「妳要找什麼嗎？」

問完這句話之後，原本還想補充「如果妳要找自動鉛筆，這裡沒有賣」，但舌頭轉不過來。睡魔仍然占據全身每一個角落。

木偶妹妹板著臉，不耐煩地用力搖著手上的扇子。她搧的風也有幾絲吹到我這裡。涼風很舒服，身體又快要融化了。

「阿姨，妳會幫我寫信，對嗎？」

木偶妹妹瞪著我問道。我原本以爲她是來買文具的。我從沒有接過小學生委託代筆的工作。

「拜託妳幫我寫信！」

木偶妹妹的態度和剛才判若兩人，露出諂媚的眼神看著我。

「但是……」

我忍不住吞吞吐吐。

「我會付錢。」

這不是重點。

「妳要寫給誰？可以告訴我嗎？」

爲了謹慎起見，我覺得至少要了解一下情況，於是這麼問她。

「老師。」

木偶妹妹勉爲其難地回答。

「爲什麼想寫信給老師？」

當我追問時，她露出「我不想說」的不悅表情，低下了頭。

山茶花文具店都會端茶或其他飲料給上門委託代筆的客人，我把木偶妹妹留在店裡，從後頭冰箱裡拿了柚子汽水。那是芭芭拉夫人一位住在高知的男友寄給她的中元節禮品，她分給我幾瓶。

「請喝吧。」

我打開蓋子，把柚子汽水遞到木偶妹妹面前，也爲自己拿了一瓶。天氣太熱，整個人汗流浹背的。我忍不住打開汽水喝了起來，冰冷的氣泡好似小魚般在嘴裡蹦跳。喝了汽水，就像有一條冰冷的隧道貫穿身體中心。

「訊。」

木偶妹妹吞吐著開了口。

「訊？」

我沒有聽清楚，反問她。

「妳是說信嗎？」

木偶妹妹用力點了點頭。

「什麼信？」

我發揮耐心，向木偶妹妹問出詳細情況；就像整理一團糾纏在一起的線。木偶妹妹再度簡單地回了一個字：

「情。」

琴、禽、勤、芹、晴？

但我覺得應該是「情」這個字。

「所以，妳想寫情書給老師嗎？」

我小心謹慎地跟木偶妹妹確認。

木偶妹妹終於把柚子汽水的瓶子放到嘴邊。她似乎喝得欲罷不能，一口氣便喝完了。仔細一看，木偶妹妹的嘴巴周圍有一圈淡淡的汗毛。她吐著帶有柚子香味的甜甜氣息對我說：

「因爲我自己寫的話，一下子就會看出是小孩子寫的。我只要讓老師知道我的心意就好。婆婆告訴我，這裡的阿嬤可以幫人寫很出色的信。」

聽到她說「阿嬤」，我忍不住有點不高興，但很快就意識到，她指的是上代。也就是說，木偶妹妹的祖母曾委託上代寫信。

「因爲有阿嬤幫忙寫信，婆婆才會和公公結婚，所以，拜託妳！」

木偶妹妹深深低頭拜託，簡直就要碰到地板似的。她突然提出這樣的要求，我也不知如何是好。

「可不可以讓我考慮一下？」

我對木偶妹妹展現了最大的誠意。

這不是可以輕易接下的工作。木偶妹妹看起來像是小學高年級的學生。雖然不算是大人，但也不算是小孩子。這樣的孩子寫情書給老師，萬一引發什麼問題或事件……這麼一想，便無法輕易做出判斷。這種時候，需要格外小心謹慎。

「謝謝妳的汽水。」

木偶妹妹說完，猛然站了起來，轉身走出山茶花文具店。我默默目送她蹦跳著離開的背影。

夏日的夕陽把門外的巷子染成一片橘色。

那天晚上，可爾必思夫人現身了。

文具店打烊後，我受芭芭拉夫人的邀請，去她家吃素麵。她臨時取消了當天的約會，難得晚上在家。我聽到山茶花文具店那裡有聲音，走過去一看，一位嬌小的女性站在山茶花樹下。

那名女性穿著高爾夫球衫，我一開始沒認出是可爾必思夫人。看到她襪子的圖案，才發現她就是前幾天曾經上門的可爾必思夫人。她竟然去打高爾夫球，腳傷沒問題了嗎？雖然我有點在意，但並沒有問出口。

「妳好。」

我從她背後打招呼，可爾必思夫人驚訝地轉頭看著我。巷子裡停著一輛鮮紅色的ＢＭＷ。不知道她是否擦了防曬乳，黑暗中，只看到她白皙的臉。

「我特地繞過來，想要付上次的費用。」

雖然早就已經打烊了，但想到她特地過來付錢，也不好意思無情拒絕。我急忙繞到後院，進到家門後，從裡面打開了山茶花文具店的門。

我請可爾必思夫人進來文具店。

「上次眞的多虧妳幫忙，太感謝妳了。砂田太太還特地打電話來道謝，哭著對我說，弔唁信寫得太好了。」

可爾必思夫人語帶興奮地說。

「那眞是太好了。」

自己代筆的書信能對他人有幫助，是一件令人高興的事。

「請款單寫好了嗎？」

「寫好了。」我回答後，拿出放在抽屜裡的請款單交給她。

「請過目。」

「啊喲！」

她從信封中拿出請款單打開一看，立刻發出了驚叫聲。我以爲她嫌太貴，忍不住渾身緊張。

「這麼便宜沒問題嗎？」

可爾必思夫人小聲地嘀咕，然後優雅地從昂貴的眞皮皮夾裡抽出一張萬圓紙鈔。

「不必找了。」

她若無其事地說。那是一張嶄新的萬圓紙鈔，簡直就像是剛印出來的。

我有點不知所措。

「我能夠有今天，多虧了令堂。」

我完全聽不懂她在說什麼，露出錯愕的表情。我並沒有可以稱爲母親的人。

「平時在這裡顧店的人，是令堂吧？」

這次輪到可爾必思夫人露出錯愕的表情。我終於恍然大悟。

「她是上代代筆人，是我的外祖母。」

我小時候也曾誤以爲上代是我的母親，所以別人會誤會也是很正常的。

「她爲我寫了一封打動我老公的情書，所以我們才會結婚喔。」

聽了可爾必思夫人的話，我不知該怎麼回答。

「啊喲，妳不知道嗎？」

沒想到她露出納悶的表情。

「所以您知道這裡承接代筆業務。」

我覺得終於找到了謎底。

「是啊，當時我住在小坪，所以經常偷偷走路來這裡。令堂，不對，是妳的外祖母在湘南很有名。雖然我沒有爲這件事向她道謝，也一直沒有來問候她，但接到砂田家權之助的訃聞時，我就想到，也許這裡還在營業。結果就來看了一下，果然還在營業，眞是嚇了一大跳，而且是妳這麼年輕的小姐代寫弔唁信。我把這件事告訴孫女，她說她已經來過這裡，又嚇了我一大跳。」

原來是這樣。難怪今天下午看到木偶妹妹時，覺得她看起來有點眼熟。

「我對我孫女說，如果沒有這裡的阿嬤，就不會有她了，她似乎因此感到好奇。如果她有什麼冒犯，還請妳多見諒。」

這時，店門外傳來汽車喇叭的聲音。一輛宅配小貨車就停在可爾必思夫人的車子後方。

「啊喲，不小心聊太久了。對不起，那我就告辭了。」

可爾必思夫人不再拖著腿，大步走出山茶花文具店，坐進駕駛座。向我微微欠身後，便驅車離去。而剛剛停車的地方，只剩下深沉的黑夜。

有一次，我對上代頂嘴。那是我高中一年級的時候。

「這就是騙人嘛！全都是假的，根本是在說謊！」

在此之前，我順從地遵守、聽從上代的吩咐。那是我第一次反抗。

「如果妳覺得這是騙人也無所謂，但是，有人就算想寫信也沒辦法自己寫。自古以來，代筆人就像所謂的影武者，跟戰國時代武將和大名的替身一樣。這些人絕對無法曝光，卻對他人的幸福有所幫助，是受到感謝的職業。」

上代說完後，以送禮的點心爲例向我解釋。

「鳩子，妳聽我說。」上代目不轉睛看著我的雙眼。「比方說，爲了表達內心的感謝，我們會帶一盒糕點給對方。這種時候，通常會去自己覺得好吃的店家買來送人，不是嗎？也許有人很擅長自己做，會帶親手製作的糕點；但是，買來的糕點難道就無法表達誠意嗎？」

雖然上代這樣問我，但我答不上來，只能沉默地等她接著往下說。

「對不對？即使無法帶自己親手製作的糕點，只要在店裡認眞挑選，同樣充滿了眞心誠意。

「代筆人也一樣。

「能夠順利表達自己心情的人當然沒有問題，但是，代筆人是爲無法做到這一點的人代筆。因爲有時候，這樣更能向對方傳達內心的想法。

「鳩子，我雖然能理解妳說的話，但如果像妳說的那樣，會讓世界變得狹隘。

「俗話不是說『術業有專攻』嗎？只要有人需要請別人代筆寫信，我就會繼續當代筆，就只是這麼簡單。」

我可以感覺到，上代很努力地向我傳達重要的事；雖然我無法理解她說的每一句話，但能大致了解她想表達的意思。

最重要的是，我能夠理解她用糕餅店來比喻的方式。當時的我認爲，代筆人就和糕餅店差不多。

我不經意地抬起頭，和放在佛壇上的遺照四目相接。

上代和壽司子姨婆一起看著我。上代露出嚴肅的表情，壽司子姨婆則面帶微笑，好像剛吃完什麼好吃的東西。雖然她們是同卵雙胞胎姊妹，但性格南轅北轍。

上代在不到一歲時，被送到雨宮家當養女。聽說她們自懂事起，便從來沒有一起玩過，或是一起吃飯、洗澡。上代絕口不提這件事，就連平時很健談的壽司子姨婆，也不太願意談這件事。

直到我上國中後，她們才又開始來往。上代雖然對我很嚴厲，但壽司子姨婆上門時，簡直判若兩人。每次只要壽司子姨婆來家裡，就可以吃到壽司和披薩，所以我舉雙手歡迎壽司子姨婆來玩。

壽司子姨婆住在家裡的時候，晚上不必練書法這件事也令人高興。上代只有在這時候才允許我看電視。壽司子姨婆每次都帶很多零食當伴手禮，晚餐後一邊吃零食，一邊聚在一起聊天很是開心。

如今，她們兩姊妹一起埋葬在上代爲自己準備的永久供養墓中，即使沒有後代祭拜，廟方也會永久祭祀、管理。先一步離開人世的上代在墓中迎接了壽司子姨婆。

她們在生前約好。雖然曾經一起生活在母胎裡，但出生後分隔兩地，共同生活的時間很少，所以希望死後能葬在一起。

「波波。」

芭芭拉夫人叫我。

「來了。」

「素麵還沒吃完啊。」

「我馬上過去。」

即使不特地打電話，只要稍微拉高嗓門就可以對話，實在太方便了。

我急忙從冰箱裡拿出桃子。幾天前，我在附近的蔬果店買了桃子，打算和芭芭拉夫人一起吃。我在鎌倉沒有好朋友，芭芭拉夫人是我唯一的朋友。

桃子剛好成熟了，散發出淡淡的甜蜜香氣。

其實，我有一段羞於見人的過去。雖然每個人都有一、兩件不願回想的往事，但我的那件往事真的非同小可。

雖然過去也不時頂嘴，但高中二年級的夏天，我開始真正地反抗起上代。這是遲來的叛逆期。在此之前，從拿筷子到說話，乃至舉手投足，上代都對我嚴加管教，我也努力回應她的要求。但是，某天開始，我終於忍無可忍。

「死老太婆，囉嗦死了，妳給我閉嘴！」

以前努力壓抑在內心的咒罵竟然脫口說了出來。我也被自己的舉動嚇到了，但話語既出，就無法再收回了。

「不要把妳的人生強加在我頭上！」

我把自己手上的毛筆重重地甩在榻榻米上，對她破口大罵。那是用我的胎毛製作的紀念筆。

「都什麼年代了，還在當代筆人？笑死人了！」

這次，我用力往放在旁邊的書信盒一踩，踩爛了上面鑲嵌的鴿子。

班上的同學經常去山上和海邊玩，就連幾個在班上不起眼、但平時和我關係還不錯的同學，也興奮地相約要安排去迪士尼玩個兩天一夜；我暗戀的一個美術社的男生也會參加。雖然他們也邀我同行，但我當然只能拒絕。

我忍不住冷靜思考，爲什麼在這麼熱的天氣裡，我還要刻苦練習這些自己根本不喜歡的書法？打從出生起便一直悶在內心的憤怒和疑問，就像岩漿般一口氣噴了出來，就連我自己也無法阻止。

我衝出家門，騎著腳踏車，直奔車站前的速食店。一拿到漢堡，便大口塞進嘴裡，幾乎沒有咀嚼，配著可樂便吞了下去。在這之前，我一直遵守上代的規定，從來沒吃過漢堡，也不曾喝過可樂。

那天之後，我變成了不良少女。我把裙腰一摺再摺，讓裙子變得極短；穿上泡泡襪、把頭髮染成棕色，又去打了耳洞。學生鞋的鞋跟總是踩在腳下，好讓自己看起來更邋遢；指甲則擦上了鮮豔的指甲油。當時正是年輕女生流行把皮膚曬得黝黑的「一〇九辣妹」全盛時期。

以前的我，在班上樸素而不起眼，根本沒人注意我，沒想到突然變了一個人，班上同學和周遭的人都大吃一驚。我徹底顛覆了過去的形象，在「一〇九辣妹」之路上狂奔。

上代和我爲了這件事不知道吵架、打架了多少次，我還曾一把推開她、抓住她的手臂抵抗。那是我人生第一次的「抗議行動」，是爲了正義進行抗爭。

那時候，如果不用某種方式報復奪走我青春的上代，我就嚥不下那口氣。同時，我也想要讓失去的青春重來一次：我想穿自己喜歡的衣服、按自己想要的方式化妝、吃自己想吃的食物。

變成不良少女後，沒有人想跟我做朋友，所以我始終獨來獨往。同學應該都對我露出好奇的眼神，對這樣的我敬而遠之。雖然現在回想起來，會爲那樣的自己感到無地自容，但當時甚至無暇感到羞恥。

高中畢業、進入設計相關專業學校的同時，我也從「一〇九辣妹」畢業了。

所以，現在遇到曾知道我「一〇九辣妹」時期的人，我會覺得很丟臉。如果可以，我希望他們即使看到我，也不要跟我打招呼，把我當空氣就好。

鎌倉煙火大會的隔天，又接到了代筆的工作。

客戶委託我寫一封向親朋好友報告離婚的信。

如果是報告結婚大事，寫起來就很簡單；但問題是離婚，讓我忍不住停下來思考。上代的家傳寶典中，也沒有任何關於報告離婚書信的注意事項。既然這樣，我只能自己摸索。

這封信的內容不能夠太感傷，但如果用公事化的方式報告，未免顯得太平淡無趣。聽這位前夫說，他們過去曾舉辦盛大的婚禮，所以想用書面方式向當時參加婚禮的人報告。這對離婚的夫妻並沒有孩子，而離婚的原因是前妻愛上了別人。

「但是，我不想讓我太太一個人當壞人。」

這位前夫在山茶花文具店裡喝著汽水，靜靜地對我說著。

「那麼，要在信中詳述你們走到離婚這一步的來龍去脈嗎？還是盡可能模糊這個問題？」

這件事很重要，所以我向這位前夫確認。他只是沉吟著，低頭不語。其實應該可以用「個性不合」這種了無新意的理由模糊焦點，但這位前夫做出了很有勇氣的決定。

「請寫清楚吧。但是在此之前，我希望妳也能好好寫出我們曾有過美滿的婚姻生活這個事實。」

過了很久，前夫用沙啞的聲音說道。

我詢問他和前妻過去最美好的回憶。

聽他訴說時，我一邊記錄重點，一邊忍不住熱淚盈眶。

因爲，即使曾經共度這麼美好的時光，仍然因爲人生的一點惡作劇，讓兩個原本誓言相守終生的夫妻就這樣分道揚鑣。對不曾結過婚、更沒有離婚經驗的我來說，婚姻實在是一個奇妙的世界。我還沒遇到想要廝守一輩子的人。

最後，前夫露出堅定的眼神看著我說：

「俗話常說，只要結局完美，過去的種種都算好。我希望這封信能夠達到這樣的效果。但我內心百感交集，無法好好寫這封信，所以就拜託妳了。」

原本可以用電子郵件簡單完成這件事，但這位前夫決定用寫信的方式，通知親朋好友離婚一事，我猜他必定是一位忠實耿直的人。

這位前夫三十九歲，前妻四十二歲，在結婚第十五年離婚。

我首先用電腦草擬這封信的內容。

如果是簡單的書信，直接提筆而寫，可以增加臨場感。但是像這種信，必須字斟句酌，反覆琢磨、推敲文章的內容。上代雖然不用電腦，但也會在稿紙上先寫草稿。

重要的是，必須向曾經溫暖守護這對夫妻的親朋好友表達感謝之心，並讓親朋好友了解，大家的這分心意絕對沒有白費；另外，也眞心誠意地爲兩人無法攜手到老向大家表達歉意。同時，希望這些親朋好友能繼續支持這兩人各自邁向不同的人生。

除了信的內容，我也打算慎選信紙、信封和書寫工具。

如果是寫給私人的正式書信，基本上都是用毛筆寫在捲紙上，並採用直書方式書寫；但這次和喜帖一樣，要同時寄給超過一百位親朋好友。雖然可以用毛筆完成後，再用影印的方式大量複製，但考慮到收信人的感受，會覺得寄送影印後的信缺乏誠意，也太不尊重對方。

書信除了正確向對方傳達自己的想法，避免對方收到信時心生不快，也同樣重要。

猶豫再三，我決定這次不用手寫，而是採用鉛字印刷。因爲這封信將以他們兩人聯名的方式寄出，所以，採用鉛字印刷或許更能如實傳達他們共同的心聲。只要挑選感覺比較柔和的字體，即使是鉛字，也能夠表達內心的微妙之處。在注重整體禮節的同時，我希望內容能更充滿眞情和溫馨。

我和這位前夫討論多次，終於完成了內文。已和新歡在沖繩離島展開新生活的前妻自始至終都不曾在山茶花文具店現身，但既然是以他們雙方的名義寄這封信，必須請她確認內容才行，於是以前夫爲窗口，彙整了兩個人的意見。

接著，我委託印刷廠進行印刷。那位前夫說，即使多花一點錢，也希望這封信能讓人感受到誠意、留下深刻印象，所以決定用活版細心地印刷文字，傳達兩人的心意；但如果過度講究，反而會讓人覺得他們對離婚這件事樂在其中，所以必須小心拿捏分寸。

活版印刷是自古以來的印刷技術，必須逐一撿字排版後進行印刷。目前以平版印刷爲主流，但以前的書都是用活版印製的，鉛字會在紙張表面留下輕微的凹凸，可以傳達手工製作的溫度，所以我左思右想，決定用這種方式印刷。

直到最後一刻，我仍然很猶豫到底該採用橫書還是直書，但最後仍決定採橫書。因爲直書必須寫開頭應酬語、正文、結尾敬詞、署名與日期，以及補述等，就會變成一封很制式的信。但採用橫書的話，就可以適度加以省略，能夠充分表達向親友報告離婚一事的重點。現在和以前不一樣，大家並不排斥橫式書寫的信。

從印刷廠送回來的成品非常精美，讓人忍不住想要用臉頰磨蹭，每個字都恭謹地排列在美國 Crane & Co. 生產的棉漿信紙上。

因爲是橫式書信，所以信封也挑選了橫式的西式信封。和信紙一樣，同樣挑選了由 Crane & Co. 生產的信封。信封內層使用了宛如冬日夜空般的深藍色薄紙，期待能讓收件人覺得，即使在黑暗中，也能感受到星星般的希望。

接著，在每只信封上分別寫上不同的住址和姓名。當年參加婚禮的賓客名單，如今用來寄發離婚通知。必須注意的是，其中有幾位賓客離了婚，姓名和住址都已經更改。

因爲收件人的地址和姓名也採用橫書，所以這次沒有用毛筆，而是用鋼筆。我使用了 J. Herbin 的珍珠彩墨，從三十種顏色中，挑選了「Gris Nuage」這種顏色，在法文中代表「灰雲」之意。

在棉漿紙上試寫後，發現墨水的顏色太淡，看起來好像弔唁信。於是我打開瓶蓋，放上一整晚，讓水分蒸發，加深墨色。如果把墨水和除溼劑一起放進塑膠製密閉容器中的話，可以加快水分蒸發的速度。

水分蒸發後，顏色終於變深的墨水和 Crane & Co. 的棉漿紙相得益彰，在信封上呈現高雅、清秀的模樣。我想藉由灰色的墨水表達他們內心的謙卑，但那絕對不是悲傷的顏色，雲層的後方必定有一片藍天。

直到最後，我都無法決定郵票。

如果說，信封的正面像是臉，那麼郵票就是決定臉部整體印象的口紅。一旦選錯口紅，會毀了整張臉給人的印象。郵票雖小，但事關重大。挑選郵票，也可以看出寄信人的品味。

這是一封既非喜事，也非喪事，很難定位的信。雖然通常會貼上與即將到來的季節相關圖案的郵票，但總覺得太平淡了。從信的內容和結果來看，貼上這對夫妻生活多年的鎌倉當地的紀念郵票，反而有點不解風情。我仔細翻找了上代留下的郵票，也沒有找到中意的。

因爲手上沒有滿意的郵票，最後上網訂購了十五年前推出的郵票。

十五年前，剛好是這對夫妻結婚那一年。

貼上累積了相同歲月的郵票，似乎可以象徵某種意義。

相處的方法；也曾請親密的友人提供協助，努力尋求最完善的方式，希望走向圓滿的結局。

但是，前妻希望能與新的伴侶共度未來的人生，無悔活出自我的意志也相當堅定。最後，我們決定分道揚鑣，各奔前程。

雖然我們無法攜手相伴到白頭，但仍將默默支持彼此的第二人生。

因此，如蒙各位認爲我們爲了追求幸福的人生，做出富有勇氣的決定，我們將深感萬幸。

各位溫暖地守護我們夫妻，如今卻辜負了各位的期待，著實爲此深感痛苦。

衷心感謝各位至今爲止的親切和關愛，有幸和各位結緣，帶給我們莫大的鼓勵和安慰。

雖然我們決定邁向不同的人生，但仍希望能夠維持與各位之間的緣分，這也是我們的共同心願。

希望有朝一日，能笑著談論今天。

滿懷感恩之心。敬頌

崇祺

敬致關愛我們的各位：

夏陽高照的季節來臨，鎌倉的綠意也更加蓬勃。不知各位別來是否無恙？

在鶴岡八幡宮舉行婚禮至今，轉眼已過十五載，不禁感嘆時光流逝如此匆匆。

能在各位的見證下，於櫻花飄舞的莊嚴氣氛中共結連理，堪稱人生之大幸。

平日，我們各自努力工作；假日，則常偕同前往海邊或山野健行。生活雖然平淡，但夫妻共同享受了日常的平凡幸福，我們都希望能隨著歲月的累積，加深彼此的理解和情感。

雖然我們無緣得子，但也因此邂逅了愛犬漢娜，我們視牠如己出，疼愛有加。

回想起來，帶著漢娜一起去沖繩旅行的時光，是我們一家人無可取代的美好回憶。

此次提筆，是為了向各位報告一件遺憾的事：

我們在七月底解除了夫妻關係，正式離婚。

雖然我們花費很長時間溝通，摸索是否能找到繼續在信件末尾寫上日期和夫妻雙方的名字，就大功告成了。

直書時，可以省略標點符號，但這次使用橫書，所以採用了與商業文書相同的形式。這封信一共用了兩張信紙，把每封信仔細折好後，裝進信封。

最後，用封蠟封口。這次選用的是土耳其藍色的封蠟，鮮豔的藍色很符合土耳其的印象。前妻雖然對信的內容幾乎沒有提出任何意見，卻很堅持要使用這種顏色的封蠟。

將蠟放進上代使用過的銀製蠟匙，再移到酒精燈上，讓蠟慢慢熔化。這種蠟的最大特徵，就是在熔化時，會發出糖蜜般的甘甜香氣。

等蠟完全熔化後，將蠟倒在信封封口。這次使用的，是這對夫妻姓名縮寫中都有的「M」字封蠟章。

這是他們蜜月旅行去義大利時，在文具店偶然看到的。雖然第一次使用，就是通知親朋好友離婚一事的信件，感覺有點諷刺，但滋潤飽滿的封蠟章非常賞心悅目。

蓋下封蠟章，等它冷卻，再用力按壓一次。一次又一次重複這個過程，直到封印完最後一封信。封蠟章蓋得不夠漂亮時，則必須等到蠟冷卻後，從信封上剝下，再放回銀匙中熔化，重新蓋一次。

只要等到明天早上，送到車站前的郵局，就可以結束耗費一個月的漫長任務。他們夫妻已經離婚了，一旦寄出這封信，離婚就會變成現實。

在最後關頭，我突然想到一件事，拿出秤來秤了一下信的重量。這是從上上代就開始使用的老秤。

如果對方收到信時，發現上面貼了一張「郵資不足」的紙，無疑是最失禮的事。普通信件只要不超過二十五公克，只要貼八十二圓郵資就好；一旦超重，就必須補貼一張十圓的郵票。幸好只有十八公克，所以不必擔心。

我不經意抬頭看向月曆，時序已經進入八月。很快就是中元節假期了。雪洞祭[6]和黑地藏廟會都在不知不覺中結束了。這時，好像有人突然拔掉了我的耳塞，聒噪的蟬鳴聲傳入耳朵。

山茶花文具店在中元節假期期間休息一星期。

暑假的最後一天，我從鎌倉車站搭乘橫須賀線來到東京。因爲即使留在家裡，也只是碌碌無爲地浪費時間，不如乾脆到東京找郵票。鎌倉雖小，但基本的生活用品都可以在附近搞定，所以很久沒有去東京朝聖了。

那位前夫告訴我，大家都順利收到了他們的離婚通知。雖然信中並沒有明確提及離婚的直接原因，但大部分的人似乎都看出了端倪。

6 「雪洞」指的是由鎌倉當地的書畫名家及學者等人揮毫繪製的紙燈籠。

他用比之前更開朗的聲音告訴我，就連原本已經疏遠的朋友也打電話來鼓勵他。如果向親朋好友報告離婚一事，能有助於他們踏出新的一步，無論對前夫或前妻來說，這封信應該都很有意義。

但是，在關於郵票的事情上，我很難說盡了最大的努力，總覺得應該有更適合的郵票。即使在寄信後，我仍一直掛念這個問題。爲了避免日後再度產生這樣的後悔，我希望豐富自己手上郵票的種類。

順利完成離婚通知信代筆的這項大工程後，我內心漸漸對代筆人這份工作感到自豪。

雖然少不更事時曾經叛逆，也曾詛咒自己必須成爲代筆人的命運，但是到頭來，我只有這點能耐；主要是因爲高中畢業後，我進入專業學校學習設計所了解到的。上代去世後，我對一切感到心灰意冷、逃到國外的這段期間，寫字這個一技之長拯救了我。

每次只要手頭拮据，我就爲那些對漢字和日文充滿嚮往的外國人寫日本的文字。當時正流行東方文化，經常看到外國年輕人得意洋洋地穿著印有漢字的T恤，或是直接在身上刺了漢字刺青。但大部分的漢字都寫錯了，或者即使漢字本身寫對了，意思也往往讓人啼笑皆非。

比方說，想要寫代表武士的「侍」，卻寫成了「待」，這種事根本是家常便飯。甚至有年輕女性穿著應該是想用日文漢字來表達「自由」（free），卻寫成了「免費」的

T恤，若無其事地走在大街上。正確使用漢字的情況反而很少見。

當我用自來水筆爲他們寫日文或漢字時，他們都會很高興。我在人生中切身體會到「一技在身，不愁吃穿」的道理。當時，我第一次對上代充滿感激，只不過已經沒機會向她道謝了。

壽司子姨婆去世後，我回到鎌倉，繼承了這家山茶花文具店。也許在國外生活期間，我漸漸培養了成爲代筆人的心理準備，也終於下定了決心。

我在東京買了很多郵票，傍晚時分，心情愉快地回到鎌倉，剛走出東口的驗票口，就聽到有人叫我。東口是比較熱鬧的出口。

「波波！」

我忍不住緊張起來，還以爲遇見知道我不堪回首的往事的熟人，但聽到聲音的語調，大致已猜到是誰。果然不出所料，一回頭，就看到芭芭拉夫人在人牆後方拚命向我揮手。

我撥開人群，好不容易才擠到芭芭拉夫人面前。芭芭拉夫人似乎去了髮廊，齊肩的頭髮燙成了鬈髮。

「眞漂亮啊。」

我稱讚道。

「謝謝！波波，妳今天出門了嗎？」

她語帶興奮地問我。

「是啊，我去東京買郵票。」

「還沒吃晚餐嗎？」

我回答說，正準備去吃。

「那要不要一起去海邊吃？」

芭芭拉夫人用一百瓦的明亮聲音問。

在中元節假期期間，我一直獨自吃飯，所以今天的確想找人一起吃；話說回來，我也只會找芭芭拉夫人一起用餐。

我立刻和芭芭拉夫人一起沿著若宮大路走到海邊。絢爛的夕陽很刺眼，連眼睛都覺得有點痛了。

路上，我們走進位於聯售站裡的麵包店，買了剛出爐的紅豆麵包。「聯售站」的正式名稱是「鎌倉市農協聯合會零售站」，除了新年假期休息四天以外，幾乎全年無休，每天早上八點就開始營業，專賣鎌倉近郊農家採收的蔬菜。聯售站一角有家名叫「PARADISE ALLEY」的小麵包店，那裡的紅豆麵包是極品。

圓形的麵包表面用白色粉末畫著笑臉圖案，無論什麼時候看，都覺得很可愛。麵包似乎剛出爐的樣子，還熱騰騰的。

來到海邊，發現海岸旁搭起了一整排臨時小屋。

我在沿著階梯走向沙灘的途中，脫下了高跟鞋，難得光著腳走路。芭芭拉夫人的腳上擦了漂亮的白色指甲油。走下水泥階梯，踩在沙灘的瞬間，腳背立刻覺得被冰涼的沙子緊緊擁抱。

「我最喜歡在沙地上走路了。」

芭芭拉夫人像是五歲小女孩般興奮說道。

「眞舒服啊。」

我也跟在芭芭拉夫人身後。細碎的沙子包覆住雙腳、然後又離開的感覺，就像精靈在腳底搔癢。

芭芭拉夫人大力推薦的泰國菜攤位人滿爲患，我們找到了能眺望大海的露天座位，然後各自從幾家賣泰國菜的攤子買了自己喜歡的食物。

我點了炸春捲和炒空心菜，芭芭拉夫人點了泰式炒麵，我們一起分享這些菜肴。

當我回過神時，發現太陽已經沉落。夜晚恣意現身在我們面前。小孩子在海邊放煙火嬉戲，就像在餵食「剛出生的夜晚」這種動物。海浪宛如爲夜晚輕聲哼唱催眠曲般溫柔，緩緩地、緩緩地，有如輕觸身子般愛撫海灘。一隻狗游向海上。

我望著夜晚的大海，好似出了神。

「波波！」

芭芭拉夫人對著我耳邊叫道。

「欣賞晚霞當然很棒，但菜都冷掉了。」

芭芭拉夫人又爲我裝了一盤泰式炒麵。

我把鼻子湊了過去，聞到酸酸甜甜，卻無法一言以蔽之的複雜亞洲風味。我拿起不怎麼順手的塑膠筷子把麵夾了起來，熱氣頓時像是跳舞般擴散。脆脆的油炸花生成爲完美的點綴，整體感覺起來很好吃。

芭芭拉夫人嘴裡也發出咬碎炸春捲皮的清脆聲。我在世界各地流浪期間，也曾在田裡幫忙，香菜和魚露早就難不倒我了。

炒空心菜並不會太鹹，調味恰到好處。每盤菜的分量都很多，光吃這幾道菜就已經飽了。

我再度看向大海的方向，發現星星出現在天空中。出現在大海上方的星座感覺比平時更壯觀，也更加悠閒自在。

我無聲地和夜空中的星星交談著。

「啊，夏天快要結束了。」

芭芭拉夫人垂頭喪氣地說，似乎發自內心地感到遺憾。

雖然眼前一片熱鬧景象，但中元節過後，人潮就會逐漸減少。九月之後，海邊的臨時小屋也都會拆除。

「芭芭拉夫人，一年四季中，妳最喜歡哪一個季節？」

我看著夜晚的大海問道。

「當然是一年四季都喜歡啊。」

芭芭拉夫人不加思索地回答。

「波波，妳呢？」

芭芭拉夫人反問我。

「以前、覺得是夏天。」

我反而吞吞吐吐。

「啊喲，所以今年的夏天不怎麼開心嗎？」

「不，那倒不是。」

我擠出笑容回答。

那些孩子的煙火放完了，狗也從海上回到了岸邊。剛剛開始，風突然變強了。無論白天再怎麼熱，海邊的夜晚還是有點涼意。我打開包包，正準備拿出開襟衫時，芭芭拉夫人提議：

「要不要去對面的咖啡店喝杯熱茶？」

「對面」指的是材木座。夏天期間，由比之濱和材木座之間會架起木製小橋。即使不特地步上階梯、往海岸道路走，也可以跨越滑川的出海口，在兩處海灘間自由來去。

我們光著腳走過小橋，前往材木座海岸。由比之濱有很多觀光客，材木座則大部分是本地人。

腳下的沙子比剛才來的時候更冰涼。我們聽著以大音量播放的「南方之星」歌曲，品嘗著茉莉花茶。身體似乎在不知不覺中著了涼，欣然接受熱騰騰的茉莉花茶。

喝了一會兒茶，漸漸有了睡意，因此我們沒有久留，離開了海邊。大海的能量太強，光是身處海邊，身體就很疲倦。

夜色中，我們沿著往車站方向的道路，一步步走向八幡宮。據說在橫須賀線開通前，比一般道路稍高的參道——「段葛」的起點是在第一鳥居的位置[7]。

當我們走向第二鳥居時，月亮才終於露臉。芭芭拉夫人隨口哼著聽起來像是童謠的旋律。

芭芭拉夫人說，她要先去買點東西再回家，於是我們在鎌倉站前道別。因爲還不到八點，她還來得及去紀伊國屋採買。我並不需要買什麼東西，所以就先搭上往鎌倉宮方向的公車。我實在沒有力氣走路回家了。

白天因爲塞車而開得慢吞吞的公車在若宮大路上快速行駛的感覺很爽快。豐島屋的入口今天也掛著像呼拉圈般的巨大大祓注連繩。每次看到夜晚的八幡宮，都讓我覺得很像龍宮。

我看著被燈光照亮的八幡宮出了神，突然想起了紅豆麵包。原本打算和芭芭拉夫人去海邊吃，才特地買了麵包，結果兩個都原封不動地放在我包包裡。雖然明知道很沒禮貌，但還是偷偷在公車上吃起了紅豆麵包。

像法國麵包般偏硬的外皮裡包著鬆軟的紅豆沙。內餡除了我喜歡的紅豆沙，還加了像是杏桃般酸酸甜甜的水果。

決定等會兒要把芭芭拉夫人的紅豆麵包裝進袋子，掛在她家大門的門把上。山茶花文具店明天又要開張營業了。

打開門鎖走進家門時，屋內傳來了奇妙的聲音。

我出門時，似乎有金琵琶闖進了屋內。從剛才就一直發出「鈴鈴鈴鈴」的清脆叫聲。原本打算找到牠後，把牠放到屋外，但最後決定繼續欣賞一下金琵琶的鳴叫聲。

我不由得想喝點酒，把壽司子姨婆留下的梅酒倒進杯裡。上代的父母期望她們一輩子不愁吃，為上代取名「點心子」，為她的雙胞胎妹妹取了「壽司子」的名字。至於她們的人生是否真的如了此願，似乎一言難盡。這對名字和點心、壽司有關的姊妹，如今相親相愛地長眠在同一座墓中。

我突然想到現在正是中元節，立刻把梅酒供在佛壇前。

壽司子姨婆有時候會喝酒，但上代滴酒不沾。雖然她們長得一模一樣，但性格相差

7　現在的段葛是以位於鎌倉站附近的第二鳥居為起點，第一鳥居則在更南邊。

十萬八千里。有人送東西上門時，上代每每誠惶誠恐地道歉說：「眞不好意思。」但壽司子姨婆總是面帶笑容地向對方道謝。

我配合金琵琶的獨唱，敲了一聲銅磬，合掌祭拜。

金琵琶似乎帶來了秋天。

不知道從哪裡吹來一絲涼風。

秋

秋天，或許是個會讓人想寫信的季節。

這一陣子連續接到代筆的工作。

前來委託的多半是留言條、對方發生不幸時的問候信、找工作失敗的鼓勵信，以及爲自己在酒後失態道歉的信，把很難當面說出口的話訴諸文字。

也有客人委託我寫一封平淡無奇的信。

「妳可以爲我寫很普通的信嗎？」

園田先生很委婉地說。

「我只想告訴她，我還活著。」

他平靜而穩重的說話聲，就像美麗山丘上吹過的一絲微風。

「要寫給誰？」

我也模仿園田先生小聲說話。

「我的青梅竹馬。雖然我們曾經私定終生，但最後並沒有走上紅毯。後來，我娶了其他女人、生了孩子；聽說她最近也找到了另一半，在北國的城市過著幸福的生活。事到如今，我並不打算吹皺一池春水。我們已經有二十多年沒見面，只是想告訴她，我身體很健康。」

既然這樣，你完全可以自己寫這封信。

雖然這句話已經到了嘴邊，但我並沒有說出口。他一定有什麼難言之隱。

「雖然現在說這種話很難爲情，但當時我眞的很喜歡她。明明已決定和她共度餘生。可是……」

園田先生低下頭，沒有繼續說下去。

小鳥剛才就在門外嘰嘰喳喳。看牠走起路來搖著尾巴，不停拍打地面的樣子，猜想應該是鶺鴒。

最近的天空已經有了秋天的味道。山茶花文具店也到了差不多該使用火爐的時候，否則太冷了。

園田先生雖然沒有表現出心慌意亂的樣子，但我在等待他心情恢復平靜的這段時間，去後方泡了紅茶。上午出門採買時，順便去長嶋屋買了大福回來，於是放在懷紙上，一起端了出來。

把紅茶倒進古色古香的紅茶杯後，山茶花文具店裡彌漫著陽光般的香氣。

「不嫌棄的話，請用茶。」

我把紅茶和大福端到他面前，祈禱這樣能讓他心情放鬆。希望他不討厭吃甜食。

我也喝著熱紅茶，吃著自己那份豆大福。包在外頭的麻糬還很蓬鬆柔軟。

普通的信。

委託我代筆的信，幾乎都是有什麼隱情，聽到客人委託要寫「普通的信」，反而有點緊張。

「要寫什麼內容呢？有沒有特別想要提的事？」

我一邊拂去嘴唇上沾到的白色粉末，一邊問園田先生。

「雖然我說隨便寫什麼都沒關係，聽起來有點像是在自暴自棄，但眞的只要寫一些平淡無奇的內容就好。她很喜歡信。學生時代，我們曾經談過一段時間的遠距離戀愛，她幾乎每天都寫信給我，但我懶得動筆寫信，所以只要偶爾寫信給她，她就會樂不可支，然後回一封長長的信，告訴我她有多高興。有時候也會在信裡夾些壓花。但是，如果現在我自己寫信給她，會覺得有點對不起我太太……」

「我了解了。」

我點了點頭，園田先生繼續說道：

「而且，我希望是女人的筆跡。」

「女人的筆跡？」

我不懂這句話的意思，忍不住反問。委託代筆的客人若是男性，寫字時通常也要比較男性化。園田先生補充：

「我相信她現在一定很幸福，所以，我絕對不希望破壞她的幸福生活。如果她的先生看到用男性筆跡寫給她的私人信件，一定會很在意。尤其是自己不認識的人寫信給太太，心情必定會很複雜，如果因爲這件事影響了他們的夫妻關係，不是很令人難過嗎？」

我深深點了點頭。

「幸好我的名字叫『薰』；園田薰，這是我的本名。

「所以，即使她的先生先看到信，如果是女人的字，再看到園田薰這個名字，就會以爲是她以前的同學或女性朋友，也就不會產生不必要的懷疑。櫻當然馬上就會知道是我寫的信。對了，我要寄信的對象，她的名字叫『櫻』。」

「原來是這樣，你說的有道理。」

我不由得表示同意。

他並不是想和對方重修舊好，也不是要向對方告白，只是想寫一封很普通的信。園田先生喝著有些冷掉的紅茶，露出了淡淡的微笑，就像含苞待放的山茶花。

「我也想了很多。」

他的笑容眞的很溫柔。我相信收到園田先生這封普通書信的櫻女士也很幸福。

我爲他倒第二杯紅茶時，聽他說了他們之間的回憶，和園田先生的日常生活。

最後，請他留下了櫻女士目前的住址和姓名。

「她結婚之後，名字變成了『佐倉櫻』。」

園田先生看著自己留下的地址姓名，笑著說道。我低頭一看，便條紙上寫著「佐倉櫻」，姓氏和名字的發音剛好一樣，都是「Sakura」。

住在北國小鎮的佐倉櫻女士。我不禁對她產生親切感，好像自己也認識她似的。

園田先生喝完杯中剩下的紅茶後，語帶遲疑地問：

「我可以把這個帶回去嗎？」

園田先生細長的手指指著懷紙上的栗子大福。

「我女兒最愛吃了。」

園田先生有自己的生活，那個世界裡並沒有櫻女士；而櫻女士也沒有選擇成爲「園田櫻」的人生。

喜歡吃和菓子的女兒，一定在等園田先生回家。

「請便，請便，我去拿保鮮膜過來。」

我起身準備走到後頭。

「這樣就可以了。」

園田先生已經攤開懷紙，把大福包了起來。

「費用呢？」

園田先生問。

「隨時都可以，改天你來這附近時，順便繞過來一下就行了。」

我送園田先生離開時回答道。

園田先生剛離開，就有兩、三個讀小學的女生一起走進山茶花文具店。最近經常看到這幾個女生。

其實園田先生不需要這麼大費周章，只要透過網路，就有很多方法可以連絡到櫻女士。有很多人用這種方式找到了斷絕音訊的初戀情人，甚至因此開始交往。

園田先生並沒有這麼做。我相信櫻女士應該也不樂見這種事。

這或許會是封充滿體貼的信，充滿爲了避免雙方越線、爲了自律，也爲了不影響對方的體貼。

接下來的這幾天裡，我都和園田先生形影不離。

當然不是和眞正的園田先生。

從園田先生的溫柔、用字遣詞，到他的面容和氣味，我希望能把他的一切傳遞給櫻女士。書信，就像是寄信人的分身。

園田先生說，他即將住院。他並沒有告訴我詳細的病名，也說是沒有生命危險的疾病；卻讓他這輩子活到現在，第一次認眞思考死亡這件事，於是發現：原來自己還惦記著櫻女士。

園田先生直視著我的眼睛說，即使萬一不幸失去了生命，他也不希望自己有遺憾。

我猜想是因爲他即將動手術，所以心情有點起伏。

園田先生露出靦腆的笑容。

我覺得他說的是實話。無論再小的手術，既然要打麻醉、要用手術刀剖開肚子，就很難保持平常心，也難免會想到最壞的情況。如果沒有這種契機，園田先生可能沒有機會寫信給櫻女士。

我在思考園田先生的事時，上代的事突然掠過腦海。她在晚年也動了手術，但是，我並沒有陪伴在她身旁。

就我自己的情況來說，代客寫信時，一旦對信件的內容有了大致的概念，就會由決定用什麼筆開始，進入實際的作業程序。即使書寫的內容相同，用原子筆、鋼筆或毛筆來寫，會有完全不同的印象。基本上，用鉛筆寫信很失禮，所以鉛筆不列入考慮。

猶豫再三，我決定用玻璃筆寫信給櫻女士。因爲我覺得玻璃筆最能傳達園田先生那分純淨溫柔的心意，我希望讓這封信成爲園田先生送給櫻女士的小禮物。

難得有機會從上代傳承給我的書信盒裡，拿出沉睡其中的玻璃筆。玻璃筆呢，是由一整根玻璃製造完成的。

原本以爲玻璃筆是歐洲發明的筆記用品，沒想到最初是在日本誕生的。明治三十五年（一九〇二年），風鈴工匠佐佐木定次郎先生發明了玻璃筆，很快就流傳到法國和義大利，廣爲流行。

筆尖的八根毛細溝槽吸附墨水後，就可以寫出文字。雖然不是常用的書寫工具，但在關鍵時刻使用，特別有感覺。而且上代擁有的是一枝纖細華美的淺紅色玻璃筆，最適合用來寫信給櫻女士。

至於紙張，考慮到與玻璃筆之間的適合度，我決定搭配表面光滑的信紙。紙面會起毛的紙不適合玻璃筆，像和紙之類的紙質當然就更不行了。因爲玻璃筆的筆尖很硬，容易勾到紙張表面的纖維。

最後，我挑選了比利時製造的奶油簾紋紙，這是歐洲皇室和名門貴族自古以來的御用紙品。抄紙時所使用的竹簾會在紙上留下細微的凹凸羅紋，宛如漣漪，在白色紙上留下微妙的陰影。用手觸摸時，可以感受到如同手抄紙般的溫度，溫暖而柔和，我認爲最適合用來傳達園田先生的心意。

尺寸則選用和明信片一樣的大小。如果寫上好幾張信紙，會讓櫻女士感覺有壓力；但如果寄明信片，會讓第三者看到內容。我想園田先生的心意應該沒有那麼輕率。

於是，我決定採取折衷的方式，把明信片大小的信紙裝在信封裡寄出去。如此一來，信的內容就不會被櫻女士以外的人看到，也不必擔心過度詮釋園田先生的心意。

墨水要用深棕色。在聽園田先生說話時，深棕色就浮現在腦海，揮之不去。

打開深棕色墨水瓶的蓋子，將玻璃筆的筆尖浸入，毛細槽立刻吸附了墨水。前一刻還像冰柱般的透明筆尖立刻被染成了枯葉色。我先在明信片大小的紙張其中一面，用平假名寫上收信人的名字「さくら様（Sakura sama）」。

然後，暫時放下玻璃筆，耐心等待墨水變乾。

收件人到底要寫「佐倉様」，還是「櫻様」，或是更正式的「佐倉櫻様」？我實際寫在紙上研究了很久。雖然「様」是用來表示敬稱，漢字的「様」當然是正確的寫法，但所有的字都是漢字，感覺很不協調，也可以把「樣」這個字寫成平假名的「さま（sama）」。

通常只有對自己的晚輩或是地位比自己低的人，才會使用平假名的「さま」，但如果過去曾有過親密往來，應該不至於失禮；相反的，也許這樣更顯親切。

我也實際把「佐倉さま」「櫻さま」「佐倉櫻さま」幾種寫法寫在紙上研究，但使用漢字的「樣」，似乎更能表達園田先生端正的態度；同時，我也想表達園田先生的溫柔體貼。考慮到整體的協調性，收件人的名字使用了平假名「さくら」。至於「さくら」到底是代表「佐倉」這個姓氏，還是「櫻」這個名字，可以由收信人櫻女士自由想像，也可以讓園田先生的心意更有彈性。

在「さくら樣」這幾個字完全乾透後，我輕輕把紙翻了過來。雖然已經構思好大致的內容，但我並沒有打草稿。我想臨場發揮；而且，寫上兩、三張信紙未免太不解風情，所以我打算一口氣完成可以剛好美美地寫在一張紙上的文字量。我認爲這樣更能表達園田先生的微妙心情。

調整呼吸後，我再度把玻璃筆的筆尖沉入深棕色墨水中，化身爲園田先生，在爲櫻女士的幸福祈禱的同時，寫下隻言片語。

尖銳的筆尖低語著「嘎嘎」的獨特聲響，編織出深棕色的話語。

筆尖完全沒有卡到紙張表面的羅紋，宛如流暢地在朝陽下的冰面上溜冰。

妳是否過著面帶笑容的每一天？
因為是妳，所以想必時常快樂地唱著歌吧！
我一切安好。
最近每個週末，
都帶著活潑可愛、已經上小學的女兒一起登山。
以前和妳一起爬過很多座山對吧。
一起攀登月山那次，天氣十分惡劣，簡直就是賭命。
現在回想起來，一切都成為美好的回憶。
我現在很幸福，
如果妳也過得很幸福，將是我最大的安慰。
請妳多保重自己，
我會在遙遠的天空下，為妳的幸福祈禱。

草此

我不時轉動玻璃筆，專心一志地寫著。使用玻璃筆時，不必用力也能順利書寫，所以字句很順利地出現在筆下。

寫完「草此」兩個字，深棕色的墨水有點乾了，所以我又沾了一次墨，清楚地寫下園田先生的名字。

爲了避免重要的信沾到水，特地使用具有防水功能的信封。山茶花文具店的小倉庫裡有許多上代和我努力收集來的信紙和信封，我在其中找到了尺寸適宜的塗蠟信封。信封的紙質強韌耐衝擊，裡面的信紙一定可以送到櫻女士手上。因爲擔心會碰到雨水，所以我用黑色油性細字麥克筆仔細寫下收件人的姓名和住址。至於郵票，如果是一般用黏膠黏貼的郵票，貼在有塗蠟加工的信封上可能會脫落，所以我仔細貼上了貼紙型郵票。

我挑了一張蘋果圖案的郵票。因爲園田先生告訴我，他們過去兩小無猜時，曾住在以蘋果聞名的城市。

也許他們曾爬上蘋果樹嬉戲，也可能曾共享一顆蘋果。蘋果盛產的季節即將來臨，若是不了解他們關係的人，即使看了，也不會發現其中隱藏了特別的意義。

最後，我用指尖沾了些蜂蜜塗在信封封口上黏合。爲了避免黏不牢，上面再用貼紙補強；雖說是貼紙，但其實是我在國外流浪時一點一點收集來的外國郵票。

完成所有作業後，我用化妝棉擦拭了殘留在玻璃筆筆尖的墨水。因爲無法將所有的墨水都拭去，於是再用自來水沖洗乾淨。

深棕色很快就被水沖走，筆尖再度恢復了宛如冰柱般的透明。玻璃筆很容易因為輕微的撞擊而破損，所以用紗布手帕仔細包好後，再輕輕放回書信盒內。

中世紀時，曾將情書稱為「豔書」。園田先生寄給櫻女士的信算是豔書嗎？這封信乍看之下雖然只是普通的信，但字裡行間充滿了園田先生的心意。這一滴鮮紅，一定可以滲進櫻女士的心裡。

如果可以協助他人傳達這分淡淡的思念，我樂此不疲。

颱風好不容易離開了，下一個颱風又接踵而來。

這次的颱風直撲關東，為了安全起見，山茶花文具店早上就貼了臨時歇業的通知。不時颳起幾乎把人吹倒的強風，雨也越下越大。即使勉強開店，也不會有熱衷文具的客人特地冒著暴風雨跑來買文具。

雖然我這麼以為，但沒想到真的有客人上門。起初還因為風聲的關係，沒聽到敲門的聲音。

「不好意思，請問有人在嗎？」

在風短暫停止時，從外頭傳來女人的說話聲。當時我正在過去上代用來當成臥室的二樓和室裡整理壁櫥。我從窗戶探頭向外張望，發現一名渾身溼透的女子站在門口。

「有什麼事嗎？」

我在二樓大聲問道。

「拜託妳！我想請妳幫忙。」

那女子全神貫注地看著我說。

她的衣服、臉龐、頭髮，全身上下都溼得像落湯雞。也許她不知道颱風來襲，跑來這裡觀光，正在找躲雨的地方。

我已經貼了臨時歇業的紙條，竟然還來敲門，眞傷腦筋，但既然已經和她說了話，就不好意思將她拒於門外。不如借一條毛巾給她，讓她待在店裡，等雨小之後再離開。

我下了樓梯，走去文具店，發現她不知所措地站在玻璃門外。我用膠帶貼的那張臨時休息的紙被風不知道吹去哪裡了。這樣的話，有客人上門也無可厚非了。

一打開鎖、拉開玻璃門，大顆的雨滴便呼嘯著衝了進來。雖然還不了解狀況，但還是先請她進來再說。如果她繼續站在雨中，恐怕會感冒。

我正準備去後頭拿浴巾給她擦拭身體時，她用顫抖的聲音對我說：

「我把不該寄出的信丟進那個郵筒了。」

我轉頭看著她，她眼眶裡含著淚，繼續說道：

「我寄出去之後，才發現還是不應該寄這封信，但已經來不及了……所以我一直等郵差來收信，但可能因爲颱風的關係，郵差沒有按時來收信……」

這名大約三十出頭的女子說到這裡，幾乎快哭出來了。她的身材姣好，讓人很難不注意。而且因爲淋了雨的關係，看起來格外性感。

「但是，那裡的郵筒……」

我平時盡可能避免把信投進那個郵筒。那是有點像傳統撲滿的紅色郵筒，外表雖然很可愛，但每天只有上午和下午來收兩次信而已，感覺很不可靠，所以除非是不重要的公務信件，否則我不會把信投進那個郵筒。尤其是受人委託的代筆信件，我都會特地去車站前的鎌倉郵局寄信。上代也曾叮嚀我，說這樣對方不但能比較早收到，而且也能確實收到。

那個女人頻頻回頭看向郵筒，然後看著自己的手錶。

「沒時間了，我要走了……」

她用淚眼露出求助的眼神說道。

「所以，可不可以拜託妳？我知道我們素昧平生，我這樣拜託妳很失禮，但可不可以請妳幫我把誤投進郵筒的信拿回來？」

她一口氣說完，對著我懇求，好像隨時會在我面前下跪。

不知道她投進郵筒的那封信裡是否寫了很丟臉的內容，不過我能夠理解發生這種情況時的心情。有時在吵架後，意氣用事地寫了分手信，一旦冷靜下來、心情平復後，便覺得還是不想分手。或者雖然是工作上的信，但後來才發現忘了寫重要的事，嚇得臉色發白。總之，會有各種不同的情況造成這樣的結果。眼前這名女子的眼神很嚴肅。

不過，其實她不必這麼緊張。因爲即使眞的把信寄出，也可以透過正常管道回收信件。這種事情雖然不會經常發生，但絕對有可能，所以郵局也不會那麼不近人情，不至於發生「一信寄出，駟馬難追」的情況。

以這次的情況來看，她寄的信可能還在郵筒裡。既然這樣，要收回這封信並不是太困難的事。

「好啊，反正這種天氣，我也閒著沒事。」

我盡可能慢條斯理地說，希望她能夠放心。老人家常說，雖然只是擦身而過，也是前世累積的緣分。而且，對她來說是人生的重大事件，對我卻只是舉手之勞。因爲那個郵筒就在山茶花文具店門口。

我從抽屜中拿出便條紙和筆給她，請她寫下名字和連絡方式。同時也問了她想拿回來那封信的寄件人和收件人姓名；爲了保險起見，還問了信封的特徵。

寫完之後，她似乎稍微鬆了一口氣，斷斷續續告訴我事情的來龍去脈。

「我爸爸病危，所以叫我馬上回家。我如果不趕去搭傍晚的班機就來不及了。」

班機是否會受到颱風的影響，無法正常起飛？這個想法掠過心頭，但我沒有說出口，而是看著她的眼睛，明確地告訴她：

「妳放心吧，信一定可以拿回來。」

剛才她在便條紙上留的姓名是「楠帆子」。乍看之下，還以爲不是日本人的名字，「楠」這個字的發音是「Kusunoki」嗎？總之，她面對必須分秒必爭的緊急狀況，不能繼續在這裡逗留，於是我催她趕快離開。她再度衝進暴風雨裡，一路奔跑著，濺起無數水花。

我一直坐在二樓窗邊看著窗外，以免錯過來收信的郵差。

雨好像發狂似的越下越大，就連平時很少搖晃的山茶花樹枝，也像彈簧般東倒西歪，發出咻咻咻的聲音。遇上這麼大的颱風，芭芭拉夫人剛好不在家，算是不幸中的大幸。她和男朋友正在歐洲旅行。

傍晚的時候，雨終於停了。打開窗戶，眼前是一片從來沒有見過的向晚天空，粉紅色和黑色形成的可怕漸層色，好像在預告世界到今天爲止。

冰冷空氣籠罩周圍，天空雖然可怕，卻又很美。

這時，一輛紅色機車迎面駛來。

我奔下樓梯，直接衝出門外，以參加運動會短跑的速度衝向郵筒。

在奔跑的同時，大聲叫住了郵差。

「請等一下！」

我用力喘著氣，總算向郵差說明了情況。我怕節外生枝，便說那封信是自己寫、自己寄的。

幸好郵差很通情達理，而且郵筒內只有帆子小姐的那封信，所以馬上就還給我了。

我接過那封信，收件人是男性的名字。不知道是否在寄信時被雨滴到了，信封上用水性原子筆寫的字，有些地方暈開了。

帆子小姐知道我是代筆人，所以才會衝進山茶花文具店嗎？還是她並不知道這件事，只是剛好這家文具店也同時做和書信有關的生意？

她寫在信封背面的寄件人地址是在逗子。既然她住在逗子，爲什麼在這種颱風天特地跑來鎌倉寄信？

雖然有太多疑問，但她無論如何都不想讓對方收到、不想讓對方看到的信，目前就在我的手上。我想趕快通知她這件事。

紅蜻蜓在雨後迎來黃昏的天空中飛舞，薄如玻璃的翅膀在夕陽下閃著光。

我將放在文塚前、被風吹倒的白色杯子撿了起來，仔細洗除泥土和樹葉、裝滿乾淨的水，再放回原來的位置後，雙手合掌。

偶然一望，看到庭院角落紅色與白色的彼岸花競相綻放。

颱風直撲鎌倉的五天後，芭芭拉夫人結束了漫長的海外旅行回家了。

「波波，我回來了。」

午後稍晚，芭芭拉夫人走進山茶花文具店。

「我剛回到家。」
「歡迎回家！」
好久沒有聽到芭芭拉夫人的聲音，我忍不住開心到想當場跳起來。
「旅行愉快嗎？」
芭芭拉夫人白皙的皮膚似乎有點曬黑了。
「太棒了，我們從巴黎一直到摩洛哥喔。那裡真的太美了，讓人忍不住想直接住下來。」
「是嗎？那真是太好了。」
光是看芭芭拉夫人的表情，就知道是一趟很棒的旅行。
「波波，給妳，這是伴手禮。」
她把一只裝在樸素紙袋裡、像是瓶子的東西交給我。
「這是摩洛哥的堅果油和玫瑰水。聽說摩洛哥堅果油拌沙拉很好吃；玫瑰水可以擦在臉上。」
「太開心了。」
我的化妝水剛好快用完了。
「聽說摩洛哥堅果油使用的堅果，全世界只有摩洛哥才有，所以非常珍貴。」
我打開瓶蓋嗅聞味道，聞到了彷彿芝麻油般的芳香。

「聽說也可以直接擦在皮膚上。」

「謝謝妳。」

我再度道謝，這時，帆子小姐突然走進店裡。

起初我並沒有認出是帆子小姐，但看到她豐滿的胸部，立刻想起是她。

「啊喲，胖蒂。」

芭芭拉夫人搶先一步，向她打了招呼。

胖蒂？是代表女性內褲的「panties」嗎？我腦海中浮現了一個大問號，但被稱爲「胖蒂」的帆子小姐一副事不關己的態度。芭芭拉夫人和帆子小姐似乎是舊識。

「我在前面那所小學當老師，因爲我叫帆子（Hanko），又是teacher，所以大家一開始叫我『帆蒂』（Han-te），沒想到不知不覺變成了『胖蒂』（Pan-te），眞是太丟臉了；不過我很喜歡烤麵包，所以當成代表麵包的『胖（pan）』，也就覺得沒關係。但不知道其中原因的人，聽了應該眞的會嚇一跳。」

帆子小姐似乎從我的表情中察覺到什麼，一派輕鬆地向我說明。難怪她穿著運動服。我終於恍然大悟。從山茶花文具店走到她任職的小學只要幾分鐘，難怪她認識芭芭拉夫人。

「之前眞的太感謝了，妳眞的幫了我一個大忙。」

她近乎誇張地深深地向我鞠了個躬。

「不不不，沒幫什麼……」

我反而誠惶誠恐起來。我當天就傳了簡訊到她留下的手機號碼，通知她信已經順利取回。

我從專門放置重要物品的上鎖抽屜裡拿出那封信，爲了以防萬一，我還裝在專門放貴重物品的袋子裡，用黏膠封了起來。

「在這裡。」

我連同貴重物品袋交給帆子小姐。

站著說話太累了，我拿出兩張原本疊在一起的圓椅凳，請帆子小姐和芭芭拉夫人坐下。姑且不談信的事，我很關心帆子小姐父親的情況。

「所以，令尊……」

雖然我不知道該不該問，但還是開了口。

「我沒趕上爲他送終。因爲受到颱風影響，班機延誤了，但他臨終時很安詳。爲他舉辦葬禮後，又留在老家陪了我媽一陣子，昨天才回來。啊，這是送妳的禮物，謝謝妳幫忙。」

帆子小姐從手上的紙袋裡拿出一包東西。

「是麵包嗎？」

店內已飄散著誘人的香味。

「每次心情有點沮喪時，我都會揉麵團激勵自己。因爲烤麵包的時候，我就能變得專心投入。」

「胖蒂的麵包是全世界最好吃的麵包。」

始終默默聽著我們聊天的芭芭拉夫人突然開口。

「沒想到我在國外遊山玩水時，妳受苦了。」

芭芭拉夫人的話中充滿對帆子小姐的關懷之意。

「但是……」

如果我能更早發現帆子小姐、自告奮勇代替她等郵差，也許她就可以提前搭機回老家。我爲這件事感到後悔不已。

不知道帆子小姐是否察覺了我的想法。

「沒關係，既然沒住在一起，之前就多少做好了可能無法見到父母最後一面的心理準備。對我來說，那封信沒有寄到對方手上更重要。」

她感慨甚深地看著放在腿上的貴重物品袋說道。

「聽到我爸爸病危，我心慌意亂，很想讓他看到我穿婚紗的樣子，於是就寫信答應了一位其實我並不喜歡的對象的求婚。但是，當我回過神來，驚覺即使自己這麼做，我爸爸也不會高興。」

帆子小姐提到她的父親，眼中泛著淚光，但她並沒有讓眼淚流下來。

「我去拿我帶回來的點心。」

大家都陷入沉默時，芭芭拉夫人站了起來。

「對不起，我讓氣氛變得這麼感傷。」

帆子小姐眨著眼睛，努力用開朗的聲音說。

「我去倒茶。帆子小姐，妳喝紅茶要加糖和牛奶嗎？啊，妳時間沒問題吧？」

我突然想到這件事，向帆子小姐確認。她也許還沒下班。

「我的課上完了，不必在意時間；而且妳叫我胖蒂就好，學生也都這麼叫我。」

「那妳也可以叫我波波，我的本名是鳩子。」

「以後請多關照。」

「彼此彼此。」

我在後面泡紅茶時，芭芭拉夫人拿著漂亮的盒子回來了。

「這是我在巴黎機場買的，機會難得，大家一起吃。」

「馬卡龍嗎？」

盒子裡排放著五彩繽紛的漂亮圓形點心。

「Ladurée 的馬卡龍很好吃。」

聽著芭芭拉夫人悠然自得的說話聲，我拿著剛泡好的紅茶茶壺走出來，在茶杯裡倒了滿滿的茶。

「請挑選自己喜歡的吧。」

聽到芭芭拉夫人說，我挑了最右邊鮮黃色的馬卡龍。雖然不知道是什麼口味，但清爽的柑橘系奶油內餡在嘴裡擴散。這是我這輩子第一次吃到 Ladurée 的馬卡龍。

「吃幾個都不會膩。」

前一刻還淚眼汪汪的胖蒂也是，吃著淡茶色的馬卡龍，臉上露出開心的表情。芭芭拉夫人和淺淺的粉橘色馬卡龍很相配。

春多食苦、夏多食酸、秋多食辣、冬多食油

上代所寫的標語至今仍然貼在廚房的牆壁上。寫在月曆背面的標語貼了多年，原本白色的紙早已褪色，濺到的油漬也宛如流星般留在上頭。

雖然好幾次都想丟掉，但每次伸手要撕下，卻又忍不住猶豫起來，所以到現在還留在那裡。

上代留下的絕不是只有廢紙而已。

有一天，我在整理上代臥室的壁櫥時發現很多紙箱。隨手打開一看，裡面有很多以前的文具，幾乎都是未使用的庫存品，除了日本的商品以外，也有外國的文具。

木尺、美國產的膠帶切割器、金屬製三角板、罐裝漿糊、鉛筆筆削、剪刀、標籤貼紙、修正液、削鉛筆機、夾子、便條本、筆記本、釘書機、簽字筆、螢光筆、色鉛筆、蠟筆、稿紙。當然，還有很多鉛筆。

雖然事到如今已無從得知，這些東西爲什麼會放在那裡，但很多文具仍然可以使用；而且這種古色古香的設計，看起來反而很新鮮。

我仔細調查了每件商品的製造商和生產國，發現有些公司已經消失不見了，有些商品也已經停產，但是，幾乎所有的商品都是一流公司生產的。

既然挖出了這些寶物，當然沒有理由不拿出來賣。

我立刻整理了山茶花文具店的貨架，騰出空間陳列這些商品。之前的商品排得很鬆散，即使增加了這些東西，也不會感覺很擁擠。新陳列的庫存都附上手寫卡片加以說明，舊打字機和地球儀這些無法出售的古董文具，就放在店裡當成裝飾。不知道是否因爲陳列了這些舊文具的關係，山茶花文具店稍微有了一點成熟的味道。

時序進入十月，我正爲了防止蟲蛀、發霉，而把塑膠布鋪在店門口曬舊筆記本時，背後突然有人對我說話。

「喂、喂。」

回頭一看，男爵站在我身後。雖然我不了解他的身分，但這名身材魁梧的男子總是穿著和服在附近出沒。我從來沒和他說過話，卻經常看到他在咖啡店喝咖啡看報紙，頭上也一定戴著插了羽毛等裝飾的瀟灑帽子，這一帶的人都稱他爲「男爵」。

「妳幫我回信給這傢伙。」

男爵從和服袖子裡拿出信，粗魯地在我面前甩著信說道。

「請問您要委託代筆嗎？」

為了怕自己誤會，我向他確認。

「不然找妳幹嘛？」

他盛氣凌人，用不悅的語氣大聲說著。總之，我先從他手上接過那封信再說。

有時會有人上門委託為他們寫回信，假如對方是知心好友，即使暫時不回信也無妨。但如果收到恩師或長輩的信，而且對方的信寫得很正式，文筆又很好時，往往不知道該怎麼寫回信；若是平時很少寫信的人，更不知道該怎麼落筆。時間越久，就對遲遲無法回信一事產生罪惡感，最後只好找人代筆。

但是，男爵的情況似乎不太一樣。

「我死也不會借錢給這種貨色！不過我也不想招惹他，妳想辦法幫我拒絕，事成後再付報酬，妳覺得怎樣？」

他自顧自滔滔不絕地說著。男爵一口氣說完自己想說的話後，沒把信帶走便轉身離開。

這個人還真是性急。委託代筆的客人上門時，我都會請對方喝杯飲料，但男爵甚至沒有踏進山茶花文具店就離開了。

豔陽高照，我把筆記本留在門口，走進店裡，看了寫給男爵的那封信。內容的確是打算向他借錢，但信中有很多錯字和漏字，而且還拐彎抹角地以恩人的態度自居。

（我死也不會借錢給這種貨色！）

我不得不同意男爵斬釘截鐵所說的這句話。如果我收到同樣的信，也不會想借錢幫助對方。

晚上，我去本覺寺後方的福屋吃山形縣的鄉土料理，以轉換心情。那是一家只有吧檯的小店，無論什麼時候去，都擠滿了本地的顧客。雖然有點提心吊膽，很怕會遇到了解我不堪往事的熟人，幸好到目前爲止，從來沒有遇到過。

我坐在靠裡頭的座位喝著冰清酒，點了蒟蒻球當下酒菜，最後再吃那家餐廳有名的小芋咖哩蕎麥麵當收尾時，回信的第一句話突然浮現在腦海。在步行回到家之前，幾乎已想好了所有內容，我很想趕快拿紙記錄下來，以免不小心忘了。

一回到家，立刻沖澡、泡很濃的綠茶醒酒，隨即坐在工作桌前。寫謝絕信時，寫信人的氣勢也很重要。有些信需要打草稿、多次修改，但有時候也會像這樣一氣呵成。

根據我對男爵的印象，我覺得比起毛筆，粗尖鋼筆更適合，於是這次選用了萬寶龍的鋼筆；墨色，使用漆黑色；信紙，則選用不久前才從壁櫥中出土的「滿壽屋」稿紙。

我沒有打草稿，直接在稿紙上寫了起來。

來信已拜讀、

我也捉襟見肘、所以無錢可借

聽我一句、去向別人借

雖然沒錢借你，但請你吃飯

不成問題

如果肚子餓得受不了，

來鎌倉找我

想吃什麼、我讓你吃到撐

天氣變冷了，多保重

加油囉

哈哈

不愧是滿壽屋的稿紙，書寫的手感超順。

據說這是以各種墨水進行測試，再經過多次改良後研發出來的稿紙。而且，和萬寶龍中被稱爲傑作的「大師傑作系列 149」簡直就是絕配。在第二次世界大戰前推出的這一款鋼筆筆桿很粗，最適合寫出灌注了力量的男性化筆跡。

文章完美地出現在四百字的稿紙中央。我在正文後空了一行，寫上日期，在下面寫了男爵的名字，下一行再寫上對方的名字，並在左下方寫了很小的「案下」以示敬意。雖然寫不寫都無妨，但爲了表達男爵的氣魄，還是決定寫上去。最後的「哈哈」是張大嘴巴放聲大笑的意思。

考慮到和紙張之間的搭配，信封上的地址和收件人姓名不是用鋼筆，而是毛筆寫的。此外，爲了表達敬意，「樣」這個字也沒有用簡寫的「様」字。在收件人的姓名下方也寫了小上幾號的「案下」以示尊敬。憑著我對男爵的印象，用幾乎快超出信封的大字寫得很有氣勢。

信封上的郵票使用了金剛力士像的圖案，代表嚴正拒絕之意。雖然金剛力士像的郵票一張就要五百圓，但爲了表達男爵絕對不願借錢的堅強意志，花這點錢應該值得。如果貼一張印象柔和的郵票，對方搞不好會再度上門借錢。

和往常一樣，我沒有黏合信封，放在佛壇上的特等席一整晚。

隔天早晨，再度斟酌信的內容後，才黏起信封。糊好封口後，在上面蓋了刻有「吾唯知足」這句禪語的木版章，終於大功告成。

吾唯知足。

這句話勸人認清自我、知足常樂。雖然那封借錢信上並沒有明確提到爲什麼把錢花光的原因，但我決定把這句話做爲男爵送給他的贈語。

接下來就靜待結果了。

日文書信開頭寫的「拜啓」這兩個字，是「帶著恭謙的態度向您報告」的意思。以這兩個字開頭的信，要用「敬具」結尾，也就是代表「以恭謹的心向您報告以上這些事」。

如果要表達更恭敬的禮節，就要以「謹啓」爲開頭，以「敬白」來結尾。總而言之，這就像行禮一樣。行禮可分爲眞、行、草不同等級，書信的起首和結尾，也要配合不同的禮儀程度，使用不同的起首語和結語。

但是，在書信中若用漢文開頭，又以漢文結尾，會讓人感覺太嚴肅，所以女性可以在起首用結合平假名的方式寫「容我寫信叨擾」，並以「頓首」或是「草草頓首」爲結尾。「頓首」表示「頓首再拜」，也就是「行筆至此，恕我失禮」之意。

寫回信時，「敬悉尊函」或是「欣悉惠書」，也能夠發揮起首語的作用，通常也都用「頓首」或是「草草頓首」爲結尾。

「草草」是「粗率、簡陋、簡略」之意，帶有「姑且容我就此擱筆」的意思。女性寫信時，無論使用什麼起首語，都要用「頓首」或是「草草頓首」爲結尾。

如果省略時令問候語，直接進入主題的話，則要寫「前略」。如果是女性寫信，則可以用「恕我省略寒暄」「容我省略應酬語」等稍微溫和的方式表達，增加溫柔的印象。

以「前略」做爲起首語時，要用「不一」爲結尾，代表言猶未盡之意。爲自己的字跡潦草道歉時，可以用「匆匆」結束。「前略」有點像我們在遇到很熟識的朋友時，輕鬆打招呼時說的「嗨」或「喲」。

有關書信的繁複規矩，通常都集中在起首和結尾兩大部分。

正文的部分，對於對方的稱謂和對方家屬的敬稱，都要做到「抬舉對方」。當對方的名字來到行末時，可以稍加調整，在名字前空一格、換行再寫，好讓對方的名字出現在行首。相反的，提到「我」和自己的家人時要謙遜，應盡可能出現在行末。

話雖如此，但這些只是基本的規定……

如果太在意這些規定，書信內容就會變得拘謹僵硬、生硬呆板。寫信就像人際往來，只要尊敬對方、體貼對方、注重禮節，就會自然而然呈現這樣的結果。就結論來說，書信沒有所謂的正確或錯誤。

我以前擔任上代的助理時，從來不曾有人上門委託商務信件。

但是，現代人連寫這種簡單的信件都覺得麻煩。

「信箋」這個詞彙本身也漸漸遭到淘汰，已經進入社會工作，卻連一封信都從沒寫過的人並不在少數。在當今這個時代，只要用電子郵件就可以搞定很多事。

十月的第一個星期一早晨，我一打開店門，一名身穿西裝的年輕男子便衝進店內。看他的樣子，應該比我年輕。如果他想上門推銷文具，我會拒絕他，但他似乎不像是推銷員。

「請妳不要告訴別人，我曾經來過這裡。」

他遞上名片的同時，最先說出的就是這句話。我不經意地看了一眼名片，發現上面印著一家無人不曉的大出版社名字。他說話彬彬有禮、打扮得乾乾淨淨，長相也很斯文，但有一種膚淺的感覺。

我默然不語，等待他的下文。

「總而言之，我想向一位評論家邀稿。」

我猜他一定是某所知名大學的畢業生，但爲什麼我會有剛才那種格格不入的感覺？我拚命壓抑住在自己內心萌芽的壞心眼。

爲了讓自己保持冷靜，我起身去燒開水。這時，他一直在滑手機。

雖然只要泡最便宜的粗茶就好，但粗茶的茶葉剛好用完了，只好泡較貴的玉露茶。

我用托盤端茶來到店堂時，他仍然沒有抬頭。

「請喝。」

我把茶杯放在平時很少使用的茶托上，再遞到他面前，他才終於抬起頭。

「請問有何貴幹？」

他還沒有明確委託我。

「所以我在想，能不能請妳幫我寫一封邀稿信，因爲公司的前輩告訴我，這裡承接代筆業務。」

他完全沒有不好意思的感覺，平靜地提出要求。

「總而言之，信件內容力求簡單，要在信上明確寫清楚我方的意圖和條件，大致就是這樣的感覺，可不可以麻煩妳？」

他在說話時，把 **iPhone** 螢幕轉向我，向我出示了畫面。上面寫了類似邀稿信草稿的內容。

「既然已經寫好了，這樣不就沒問題了嗎？」

我敷衍地回答。

「不，這樣不行。我原本也覺得這樣就行了，所以只是把對方的名字換上來，但被上司退回，說這樣感受不到誠意。」

他一副事不關己的樣子。

「誠意？把自己的想法直接寫下來不就好了嗎？」

我很不以爲然地說。上代要是遇到這種人，應該早就把他趕出去了。我也很想像以前的人趕走不速之客那樣，把掃把倒放在玄關趕人。

「總而言之，我自己沒辦法寫。」

聽到他連續說了三次，我終於忍無可忍了。

「你從剛才就一直在說什麼『總而言之』『總而言之』，請你仔細說清楚，你到底想說什麼！」

我的語氣咄咄逼人，話中帶刺，但我已無法再克制自己的情緒。不是我在自誇，想當初我也是混過太妹的。

「你不是編輯嗎？就算學藝未精，但編輯就是編輯，說話用詞不要這麼貧乏。而且，你不是因爲很希望對方能幫自己寫稿，才會向對方邀稿嗎？連情書都不會寫，根本不適合當編輯，我看你趁早辭職，改去牛郎店上班算了！」

雖然我知道自己說話牛頭不對馬嘴，但事到如今，已經無法煞車了。我的不良少女魂終於大爆炸。

「沒錯，我的確爲人代筆，只要有客人上門委託，什麼都可以寫；但這是爲了幫助有困難的人，因爲我希望客人能夠得到幸福。可是你只是想偷懶而已。你有眞誠對待對方嗎？雖然代筆這門生意在這個時代很落伍，但可別小看了這一行。對啦，你或許是這樣長大成人的沒錯，不過這個社會可沒這麼好混！這種邀稿信，你自己去寫！」

不管怎麼說，他都是上門委託工作的客人，但我竟然對他說這麼過分的話。只不過，我再也無法忍受他了。

在日文中，「手紙」代表信的意思，但中文的「手紙」是衛生紙的意思。他想委託我的內容根本不是信，而是衛生紙，我覺得他簡直就是在叫我幫他擦髒屁股，真是太令人生氣了。

「我告辭了。」

他起身行了一禮，走出了山茶花文具店。然而用這種態度接待客人的我，正是一個失格的大人。

十月最後一個週末下著雨，颱風好像又來了。今年的颱風已經多到讓人害怕，但低氣壓仍然籠罩整個日本列島。

幾天前，魚福老闆娘來到山茶花文具店。

「波波，妳可不可以代我去看這個？我很久之前買了票，一直很期待，但我要照顧孫子，沒辦法出門。」

老闆娘從圍裙口袋裡拿出一張紙對我說。原來是一張落語表演的門票。

「是星期六晚上，如果妳有空，我想拜託妳。就當做魚阿姨送妳的禮物。」

她很可愛，仍像以前一樣自稱「魚阿姨」。

之前看到這場落語演出的海報時，發現是一名年輕頂尖落語家的獨演會，不由得有點動心。雖然我對落語並不精通，當然也不討厭；但只在電視上看過，從沒有看過現場表演。

「那我付妳門票的錢。」

雖然我說了好幾次，但最後還是敵不過魚阿姨——也就是魚福老闆娘的堅持，接受了她送我的票，正因爲是她送我的票，所以一定要出門去看。

雖然並沒有降下傾盆大雨，但我還是穿上雨靴和雨衣出門。如果是從山茶花文具店慢慢走到材木座的光明寺，要將近一個小時。我不想太趕，所以提前出了門，一路逛過去。

我在開演前五分鐘抵達會場。

在光明寺所供奉的主佛——阿彌陀如來的神像前，用貼有金箔的屏風和臺子搭成高座，落語師就坐在上面說落語。寬敞的本堂內擠滿了大人、小孩，男女老幼全都一臉認眞的表情，聽得出神。

獨演會結束後、走出光明寺時，雨已經停了。

當我走出被稱爲「鎌倉最大」的山門時，身後傳來叫聲，但我想應該是自己聽錯了，所以並沒有回頭。沒想到叫聲越來越大，最後，竟有人拍著我的肩膀。

我驚訝地轉頭一看，發現男爵站在身後。男爵把塞在耳朵裡的一隻耳機拿了下來。

「我從剛才就一直叫妳，不要不理人嘛。」

他用一貫的自大態度向我抱怨。

「不好意思，我沒聽到。」

我沒想到男爵會叫我。他的耳機傳出爵士樂，薩克斯風沉靜而溫柔的音色隱約流入夜晚的寂靜中。

「您來聽落語嗎？」

「不然這種日子，來這裡幹嘛？」

我們的腳下有一個大水窪。

「抱歉。」

我覺得他好像在罵我，所以再度道歉。

男爵就這樣跟在我身後，我只好和他一起並肩走在夜晚的街道上。他到底想跟著我到哪裡？雖然我心裡這麼想，但還是不動聲色，一臉若無其事的樣子，因爲即使我對他說「今天的落語會眞不錯」，我們也不可能有話可以繼續聊下去。

「鳩子，等一下有空嗎？」

男爵突然開口問。爲什麼男爵知道我的名字？而且竟然問我有沒有空？看到我說不出話的樣子，男爵又說：

「上次的那個，妳不是幫我寫得很不錯嗎？」

男爵冷冷地說。

「謝謝。」

雖然我很在意結果，卻沒有方法確認。現在聽到這個消息，終於可以放下肩上的擔子了。

「當初說好事成之後再付報酬，妳想吃什麼儘管說，我請客。」

男爵粗獷的聲音響徹雨後的夜晚街道。我和男爵背對著材木座海岸，正沿著大馬路走向車站。

雖然我更希望他付我錢，但面對男爵，我不敢提出任性的要求。如果我說給我錢比較好，他一定會反擊，所以決定聽從男爵的安排。而且仔細想一想，與其收了錢去吃美食，不如一開始就讓他請我吃大餐，而且搞不好後者賺更多。我黑心地盤算起來。

男爵的木屐嘎答嘎答地踩著被雨淋溼的地面。不知道是不是下雨的關係，雖然是週末，但街上的人和車都很少。

「我想吃鰻魚。」

其實我腦海中馬上浮現了「鰻魚」這兩個字，但我故意停頓片刻，假裝想了一下。而且如果我回答「隨便」，男爵一定又會生氣。

「鰻魚嗎？好，沒問題，跟我來。」

男爵一臉得意，連鼻孔也張得很大，比剛剛更颯爽地大步往前。男爵身上的和服外褂被風吹得鼓了起來。我拚命快步緊追在後，以免跟不上他。和男爵的木屐聲相比，我這雙橡膠底雨靴所發出的啪噠啪噠聲毫無趣味。

男爵帶我來到位在由比之濱大道旁的一家鰻魚老店「鶴屋」。我當然知道這家名店，不過最近一次造訪是念高中時上代帶我來的，至少有十年以上不曾再踏進這家餐廳的大門；不，正確來說，是我無法踏進這家餐廳。

還沒走進餐廳，周圍的空氣已經飄著香噴噴的味道，鹹中帶甜的醬汁味道彷彿緊緊擁抱那幢細長形的大樓。我跟在男爵身後，從樣品櫃旁的磨砂玻璃門走進店內。

「歡迎光臨！」

男爵似乎是這裡的老主顧，看到老闆從廚房探出頭，他立刻舉起一隻手打招呼。

「老樣子，但要兩人份。」

他只交代了這一句，便轉身走出了餐廳。

「只吃鰻魚太無趣了，我們先去吃點開胃菜，這主意不錯吧？」

說著，他過了馬路，走進對面一家有落地窗的義大利餐廳。他在吧檯前坐下，仍然沒看菜單，就直接點了菜。

男爵點了雪莉酒，我覺得有點冷，所以點了西班牙紅酒。麵包和切片生火腿很快就送了上來。伊比利生火腿和在我們面前的石窯中加熱過的麵包，裝在有如小型平底鍋般的容器裡，送到我們面前。

「吃太飽會吃不下鰻魚，所以只吃火腿就好。」

雖然我也很想嘗嘗麵包，但還是乖乖聽從男爵的命令。

「好吃。」

我情不自禁露出了笑容。

「很不錯吧？」

火腿的油脂就像雪花般在舌尖上融化。

男爵並沒有用叉子，而是直接用手抓起生火腿送進嘴裡。轉頭一看，發現他的酒杯竟瞬間空了。他可能也是這家餐廳的老主顧吧，沒說半句話，服務生便主動又爲他倒了一杯白酒。

因爲我喝了紅酒，再加上坐在爐邊，身體漸漸暖和起來。我把手放在臉頰降溫時，沙拉送了上來。

這是一道蟹膏醬佐義式溫沙拉，炸丁香魚也幾乎在同時送了上來。男爵豪邁地爲我擠了檸檬汁。

「趁熱吃。」

雖然他說話很不客氣，但似乎有其體貼的一面。

我聽從他的建議，把剛炸好的丁香魚送進嘴裡，滿嘴都是海洋的味道。我吃著溫沙拉裡的蔬菜，爲快要燙傷的嘴巴降溫。蟹膏醬很濃郁。

「光吃這些就快飽了。」

我一邊咀嚼著一邊說道。

「笨蛋！」

男爵大喝一聲。

「重頭戲還沒登場，妳不要吃太多了。如果吃不完，可以打包帶回去。」

雖然男爵這麼說，但兩道菜都是趁熱吃比較好吃，所以我沒理會他，繼續吃了起來。肚子眞的有點飽了。

走進這家餐廳約三十分鐘左右時，男爵瞥了一眼手錶確認時間，立刻付錢結了帳，然後再度橫過由比之濱大道，走進鶴屋。

這次他點了啤酒，邊喝邊等鰻魚烤好。餐廳主動送上小菜。仔細一看，裡面有很多肝臟。

「滷鰻魚肝啊，這個配啤酒很搭。」

這道菜可能是男爵的最愛，他瞇起眼睛，看起來心情非常好。

男爵在我的杯中倒了啤酒，我也打算在他的杯中倒啤酒時——

「妳又不是女傭，不必爲我倒酒。」

又挨罵了，我忍不住有點垂頭喪氣。男爵似乎發現了，用略微溫柔的聲音接著說：

「啤酒要自己倒才好喝，要是妳這種乳臭未乾的黃毛丫頭幫我倒酒的話，連啤酒都會有乳臭味。」

他說話的語氣，好像在訓斥不懂事的小孩子似的。男爵在很多事情上都有自己的一套規矩，所以並不好相處。反正我不管做什麼事都會挨罵，乾脆豁出去，塞了滿嘴的鰻魚肝。

薑絲配上用醬油滷得很入味的鰻魚肝，發揮了提味效果，讓人忍不住一口接著一口。有些魚肝結成了凍，更加刺激食欲。

「幸好妳沒有像妳阿嬤。她滴酒不沾對吧？」

男爵突然幽幽說道。

「您認識上代嗎？」

雖然我想很有這種可能，但還是向男爵確認。

「當然認識啊，人只要活得夠久，就會有很多故事。而且，當年我還幫妳換過尿布呢。」

男爵吃著最後一塊鰻魚肝說道。

「眞的嗎？」

上代從來沒跟我提過這些事。我好像看到了連自己也不認識的自己，覺得有點害羞。如果男爵說的話屬實，我得好好感謝他才行。

「我家裡那個認識妳阿嬤，當時我兒子剛好出生，所以就分了母乳給妳。」
「原來是這樣，眞是太感謝了。」
男爵口中「我家裡那個」應該是指他太太。
「妳小時候還眞愛哭。」
男爵大概也是一喝酒就容易臉紅的體質，臉頰泛著紅暈。我幾乎沒聽過有關自己小時候的事，所以即使再微不足道，都覺得很新鮮。
這時，老闆娘用托盤端著鰻魚飯走了過來。
「讓兩位久等了，這是兩代同堂。」
兩代同堂？
鰻魚飯裝在鎌倉雕[8]的漂亮漆盒內。我迫不及待打開蓋子，讓人感到無比幸福的香氣飄了出來。久違的鰻魚讓全身細胞都發出歡喜的吶喊。
鰻魚表面烤得香脆，裡頭溼潤多汁。
濃淡適中的醬汁完美地包覆著鰻魚，白飯煮得偏硬，少許醬汁滲進白飯，吃起來特別香。而且，除了最上層有鰻魚，飯裡面還藏了另一塊鰻魚。

8 鎌倉的傳統漆雕工藝品，特色是先在器物上雕刻圖案後，才上漆與拋光。

「喏，這是不是兩代同堂？」

男爵得意地說，他的嘴角沾到了飯粒。

「我第一次吃。」

我對他實話實說。

「正式名稱是雙層鰻魚飯，但我都叫它『兩代同堂』。偶爾也要這樣奢侈一下。」

男爵終於發現自己臉上沾到了飯粒，把飯粒放進嘴裡時說道。

「上代最愛吃鰻魚。」

我在說話時，靜靜回想起上代的面容。

小學入學、過七五三節[9]，還有順利考上高中。每當人生邁入下一個階段時，我們都會來鶴屋慶祝。上代平時很少外食，這是她唯一帶我來過的餐廳。當年她也曾在這家餐廳的二樓和室裡，一邊吃著最便宜的鰻魚飯，一邊建議壽司子姨婆離婚。

我和她最後一次來這裡時，吃著吃著發生了口角，我一個人先離開了。鎌倉雕的漆盒裡還剩下將近一半的鰻魚飯。

那次之後，我便未踏進過這家店，甚至沒再吃過鰻魚飯。

「怎麼了？好吃到喜極而泣了嗎？」

男爵從層層和服衣領間拿出手帕遞給我。

「不好意思。」

我哽咽著向他道謝，接過了手帕。麻質手帕熨得平整。

「不管是鼻涕還是眼淚，統統擦乾淨，心情爽快之後，繼續吃鰻魚。」

雖然他說話的語氣很粗暴，但充滿了男爵的溫柔。

「鳩子，反正這條手帕我用不到，就送妳吧。」

男爵再度叫著我的名字。

「波波、波波，鴿子波波，想吃豆子嗎？那就來吃啊——

「差不多哭完了吧？別人會以爲我在欺負妳啊，笨蛋！」

男爵先是唱歌，然後又罵了我一句，豪放地大聲吃著剩下的兩代同堂鰻魚飯。

我擦乾淚水，再度拿起筷子。我也模仿男爵，專心地吃著鰻魚飯。鮮嫩的鰻魚、鹹中帶甜的醬汁，和煮得偏硬的飯粒團結一致，不斷塞入我的身體。

在剛才那家餐廳吃了那麼多開胃菜，沒想到還有另一個胃可以裝鰻魚飯。雖然吃到一半便覺得有點太飽了，但我把和男爵相同分量的鰻魚飯吃得精光。

「太好吃了。」

我抬起頭，毫不保留地注視著男爵的雙眼。男爵叼著牙籤，露出一臉佩服的表情。

9　日本的傳統節日，每年十一月十五日，家長會帶著三歲的男女童、五歲的男童與七歲的女童前往神社參拜，祈求平安長大。

「埋單！」

男爵大喊的聲音在安靜的店內迴響。廚房已經開始收拾，二樓的客人也都走光了，今天可能爲了男爵這位老主顧而特地延長了營業時間。

「走了。」

我慌忙站了起來。男爵這個人到底有多性急啊。

「謝謝款待。」

走出鶴屋後，我對著男爵的背影戰戰兢兢地說道。

「這是事成之後的報酬，妳是靠自己工作賺的錢吃這頓飯，沒理由向我道謝。如果借錢給那個傢伙，就不是這點錢能搞定的。借錢給別人的時候，必須當作送給對方。如果沒有這種心理準備，千萬不要借錢給別人。妳爲我斷然拒絕了對方，所以，我才應該向妳道謝。辛苦了。」

這大概就是男爵道謝的方式吧。我不知道該如何回答，所以只好對著他的背影鞠了個躬。

「反正就是這樣，所以我再帶妳去續攤吧。我們去前面吃甜點，反正妳這種黃毛丫頭，就算回家也沒有男人在等妳吧？」

男爵說完，自顧自笑了起來。雖然他說話很過分，但的確被他說中了，所以我也無法反駁。

男爵帶我去的酒吧與鶴屋近在咫尺，雖然之前就曾聽說六地藏路口那裡有一家很不錯的酒吧，但我住在深山裡，很少有機會來海邊這一帶。

「來，請進。」

男爵為我打開了入口的門。建築物的上方還留著「由比之濱辦事處」的名字。

「這裡以前是銀行吧？」

雖然我很驚訝男爵竟然知道這麼時尚的酒吧，但如果說很像他的風格，又覺得的確是這樣。男爵到底是何方神聖？

小小的店堂內，保留著原本應該是銀行櫃檯的沉重吧檯。天花板很高，是很舒服的空間。

我和男爵坐在入口旁的沙發座位上。吧檯前雖然也有幾名客人，但所有人都靜靜地喝著酒。

「妳要喝什麼？」

男爵豪邁地用店家提供的小毛巾擦拭著臉時問我。

「我要老樣子的那種雞尾酒，但是，她……」

我猶豫不決地看著酒單。

「趕快決定，酒保在等妳。」

他脾氣很暴躁。

「那麼，我要點使用當季水果，酒精濃度不會太高的雞尾酒。」

我慌忙一口氣回答。

「還有巧克力。」

男爵補充道。

「沒想到鎌倉也有這麼出色的酒吧。」

我終於拿起小毛巾擦手時說。

「正因爲是鎌倉，才有這麼出色的酒吧啊。」

男爵立刻反駁。的確有道理，大都市很難打造出這樣恰到好處的舒適氣氛。黑色皮革沙發坐起來很舒服，褪色的灰泥牆壁也感覺特別有味道。

「這邊原本是銀行，後來變成小兒科診所，現在又變成了酒吧。以前還是小兒科診所的時候，我也經常來這裡。」

「是啊。」

「這幢房子很不錯，幸好保留了下來。」

男爵點的那杯「老樣子」是我從沒見過的奇怪飲料。酒保送上來時，我的身體忍不住向後一靠。

「這是什麼？」

我問。

「桑布卡莫斯卡。在桑布卡茴香酒中加入幾顆咖啡豆，然後在酒上點火後，送到客人面前。」

難怪杯子表面冒著藍色的火焰。

「這是男爵大人的最愛。」酒保說。

加了「大人」這兩個字，感覺變得很滑稽。就在我拚命忍住笑的時候，酒保恭敬地把一杯色彩美麗的雞尾酒放在我面前。

男爵命令我把火吹熄，我吹熄了桑布卡莫斯卡的藍色火焰，然後以今晚的第三杯酒和男爵乾杯。

我喝了一口雞尾酒，柚子香氣頓時在口中擴散。

「這是在香檳中加入柚子汁和甘夏橘汁調成的雞尾酒。」

我把手工生巧克力放進嘴裡。巧克力不會太甜，是絕妙的成熟味道。

「偶爾墮落一下很開心。」

聽到男爵這麼說，我默默點著頭。因爲去看落語，所以我穿得很隨便，沒想到一晚上連去了三間店，而且這些店家彼此的距離都很近，閉著眼也能走到。

男爵走到吧檯前和酒保聊天時，我去了一趟洗手間。剛走出廁所時，突然有人出聲叫我。

「波波！」

我驚訝地抬起頭，出現在眼前的是胖蒂。鎌倉是一個小地方，遇到熟人並不稀奇。

「剛才從背後聽到妳說話的聲音，我就在想會不會是妳；不過你們的氣氛很好，所以不好意思打擾。沒想到眞的是妳！」

胖蒂完全誤會了我和男爵的關係，不過解釋太麻煩，所以我沒有接話，而是直接改變了話題。

「妳今天去學校加班嗎？」

「對，只是稍微去一下而已，傍晚就處理完了，所以去逛街，在回家之前來這裡。我雖然不會喝酒，但只要來這裡，就可以感受到一點微醺。」

在酒吧遇見的胖蒂，看起來比平時更性感。合身的短裙下露出兩條好像圓規般筆直的腿。

「下次要不要一起烤麵包？」

胖蒂用彷彿眞的喝醉般的語氣問我。我被她的語氣感染了，也用輕鬆的口吻回答：

「好啊，我從來沒有自己烤過麵包。妳上次送我的麵包超好吃。」

她的麵包眞的眞的很棒，我忘我地一口氣吃完，幾乎忘了向她道謝。

看到男爵拿出圍巾圍在脖子上，我便結束了和胖蒂的聊天。

走出酒吧、過了馬路，男爵攔了一輛計程車，率先坐了上去。

「時間很晚了，我送妳回去。」

計程車從下馬出發，在大町四角的十字路口左轉，再沿著小町大路駛向八幡宮的方向。福屋的燈籠已經暗了。我說只要到鎌倉宮前就好，但男爵叫計程車駛入小巷子，把我送到山茶花文具店門口。

「謝謝，晚安。」

我走下計程車後向他道謝。

「晚安。」

他冷冷說完這句話，便坐著計程車離開了。

回家之後，我在佛壇前雙手合十。

我一直以爲自己是一個人長大的，但事實絕非如此。生下我的，是母親；當我肚子餓時，也曾有人把母乳分給我；而抱著我前去的，除了上代，沒有別人。

我在心裡對生我、養我、保護我的所有人道謝。

我覺得上代好像第一次對我露出了笑容。她總是整齊地穿著和服，眼鏡後方的眼神總是很嚴厲。只有在緣廊上抽菸時才會放鬆下來，但我一輩子都無法靠近那樣的她。一直以來，上代始終面色凝重，只有今晚，似乎對我展露了微笑。

隔週。

一名女子精神抖擻地走進山茶花文具店。

我起初還以爲是哪個女明星上門。她身材高䠷，我必須抬頭看著她，而她光是站在那裡，整個空間就亮了起來。不只是五官漂亮，一舉手，一投足，全都氣質高雅、優美動人。

難道是在這附近拍電影嗎？或許是因爲這個原因，所以她趁著空檔來山茶花文具店逛逛。

我覺得自己好像在做夢，有點飄飄然的。那名女子像是看進我雙眼似的說：

「我是醜字人。」

她來到我面前時，身上散發出彷彿混合了桃子、草莓、香草和肉桂的宜人香氣。

「愁、志人？」

我從來沒聽過這個字眼，忍不住反問。是罕見的姓氏嗎？還是用委婉的方式表示自己長了痔瘡？但長了痔瘡的人跑來文具店也未免太奇怪了……我正在沉思，那名女子語帶遲疑地說：

「我的意思是，我的字非常醜。」

她的年紀大約在二十五到三十五歲之間。上代經常對我說，字如其人。只要看一個人寫的字，就可以了解對方是怎樣的人。

所以，我猜她一定是自謙。雖然她說自己的字很醜，但應該只是很有個人風格而已吧。

「我猜妳應該不會相信；這是我剛才寫的五十音。就是這些。雖然很丟臉，但可以請妳看一下嗎？我認爲妳看了之後，就會相信了。」

她眼中含淚，從皮包裡拿出信封，優雅的動作再度讓人看得出了神。她散發出的高雅氣質讓人覺得，如果天鵝化身成人類，一定就像她那樣。

不過，我眞的太驚訝了。不，「驚訝」這兩個字還不足以形容。我知道這麼說很失禮，但她的字眞的讓人看了很不舒服，簡直想吐。我這輩子從來沒看過這麼醜、這麼令人不愉快的字。

「這是我盡了自己最大努力寫的五十音。」

這時，我完全不知道該如何應對。如果是身經百戰的上代，不知道會如何安慰眼前這可憐的女子。

「我去泡茶。」

我試圖讓自己冷靜，於是起身去泡茶，把她獨自留在那裡。

山茶花文具店已經開始使用火爐，那是上代留下的老舊筒型火爐，上面放著鐵製水壺燒水。

家裡剛好有柚子茶，我立刻沖了熱水，泡了柚子茶。看目前的情況，也許會聊很久，所以我在杯子裡倒了滿滿的柚子茶。寒冷季節時，店堂內都會使用火爐，不必特地跑到後頭，就可以直接在店堂裡輕鬆泡茶。

我們喝著柚子茶，再度聽她細說從頭。對她來說，出示自己的醜字，也許比被人看到自己的裸體更丟臉，但她仍然鼓起勇氣踏進山茶花文具店。想到這裡，讓我很希望能夠助她一臂之力。因爲她和我初次見面，便對我展示了自己最羞於見人的一面。

她的名字叫花蓮。

「雖然父母爲我取的名字應該用漢字，但因爲我寫得太醜了，所以平時都只能用片假名寫自己的名字，因爲這樣比較看不出字醜。」

這時，我才第一次知道，原來字醜的人在日常生活中，飽嘗了寫字漂亮的人難以體會的辛苦。

「請問妳從事什麼工作？」

我問。

「我是國際線的空服員。」

花蓮小姐口齒清晰地回答。

「其實我原本想當老師，但老師不是要在黑板上寫字嗎？所以我知道自己沒辦法，只好放棄。我平時就盡可能避免在別人面前寫字，基本上都會婉拒參加婚禮和葬禮。或許妳覺得這種理由很奇怪，但只要我一緊張，字就會寫得比平時更醜。」

「這樣啊。」

除此以外，我不知道還能說什麼。

如今，日常生活中寫字的機會越來越少。上代曾忍不住爲這件事皺眉頭，但是，對於和花蓮小姐有著相同煩惱的人來說，仍有很多場合需要寫字，因爲還是會遇到無法用電子郵件和簡訊解決的狀況。

花蓮小姐愁容滿面地說：

「所以，我想委託代筆。媽媽對寫字這件事很嚴格；啊，雖然說是媽媽，但其實是我婆婆。」

花蓮小姐嘆著氣。我靜靜等她繼續說下去。

「我父母也很在意我字醜這件事，從小就經常教我寫字，也讓我參加書法班，但我還是寫不好。我覺得搞不好是腦子的問題，大腦可能無法正確認識字形。所以當初找工作時，還是請我媽媽代我寫履歷表，才總算矇混過去。

「當初認識我老公時，我也很擔心我的字太醜會嚇跑他——以前發生過因爲我的字太醜，結果對方提出分手的情況。如果愛上他之後才發生這種事的話很痛苦，所以在和我老公交往前，我就讓他看了我寫的字，問他，即使我字寫得這麼醜，也沒問題嗎？然後我們才開始交往。」

「妳先生很溫柔體貼。」

花蓮小姐聽到我這麼說，害羞地微笑著。

「我老公說，世界上不可能有完美的人，而且像我這樣的女人，如果身上沒有缺點，會讓人很不舒服，所以他反而鬆了一口氣。他這句話徹底拯救了我，過去我曾因爲字醜，覺得自己大概嫁不出去了。」

能如此溫柔接受對方缺點的男人並不多。因爲很多人在吵架時，會若無其事地提及對方最忌諱的事。

「但問題在於我婆婆。」

花蓮小姐恢復嚴肅的表情。她在說「婆婆」這兩個字時，有種拒人千里的感覺。

「我和我媽媽感情很好，但我婆婆個性很嚴格。有一次我在國外，用電子郵件向她道賀，結果被她狠狠罵了一頓，所以聖誕節和生日時，我都會自己寫卡片寄給她。但是，有一次她對我說，字醜是因爲心醜，所以沒有經過我同意，就去爲我報名了函授講座。問題是我平時要上班，根本沒辦法上課，而且我字醜的程度有點像生病那樣，已經無藥可救了。我早就參加過硬筆字練習的講座，根本沒有用，但我騙婆婆說，我有參加講座……」

「眞辛苦啊。」

以前，我對「字如其人」這句話深信不疑。粗魯的人，寫的字也很粗魯；細膩的人，就會寫出細膩的字。雖然有的人看起來一絲不苟，但如果寫出來的字很大膽豪放，就可以看出眞正的性格。有些字雖然很漂亮，但感覺很冷漠；有些字雖然不工整，卻有一種好像在篝火旁暖手般的溫度。

我一直以爲，字能夠反映書寫者的人品，但這種認識並不正確。有不少人像花蓮小姐一樣，即使下了苦功，仍然無法寫出漂亮的字。如果認爲因爲心醜才會字醜，未免太武斷了。

「我婆婆即將過六十大壽。」

花蓮小姐繼續說道。杯子裡的柚子茶幾乎已經喝光了。

「我和我老公商量後，爲她準備好了禮物，但我沒辦法寫小卡片，所以……能請妳代寫嗎？」

她一定猶豫了很久，最後才決定來這裡。如果不幫助這種人，還算什麼代筆人？

我格外用力地說：

「我接受妳的委託。」

我坐在椅子上向她鞠躬，她露出了安心的笑容。

花蓮小姐已經買好了卡片帶過來。

「好漂亮的卡片。」

我從來沒有看過這麼漂亮的卡片，忍不住瞪大了眼睛。

「這是我在比利時一家專門賣紙的小店內找到的，我覺得很適合我婆婆。」

紙張表面有葉子圖案的淡淡凹痕。

「是古董卡片嗎？」

我用手指撫摸著凹下去的葉子形狀，以免把紙弄髒。

「好像是，店裡的人說，應該是一百多年前生產的紙張。」

「果然是這樣，因爲摸起來的感覺不一樣。」

我很想把卡片放在臉上廝磨。紙質給人一種優雅的感覺，好像在撫摸高貴的貓咪背部。

「妳急著要嗎？」

我問她。

「雖然離我婆婆生日還有一段時間，但我明天就要値勤飛到國外，所以，如果可以的話……」

顯然是越快越好。

「好，可不可以給我一點時間，今天之內就會寫好交給妳。」

寫卡片很簡單，而且，花蓮小姐已經寫好了內容。

「謝謝妳！太好了。我娘家就在小町，那我晚一點再過來。」

花蓮小姐站了起來。

立如芍藥，坐如牡丹，行如百合。

這句話完全是花蓮小姐的寫照。

太陽漸漸下山，我猜想應該不會再有客人上門，於是提前打烊了。

整理桌子後，把花蓮小姐帶來的那張她寫了五十音的紙攤開，腦海中浮現她的面容。我必須將這兩者進行完美結合。

漂亮的字並非只追求外形漂亮，必須有溫度、有微笑、有安穩、有平靜。我個人很喜歡這樣的字。

花蓮小姐絕對不是那種高不可攀的美女，她最美的是那顆眞誠的心。正因爲這樣，我希望能夠寫出有花蓮小姐的味道、只有她才能夠寫出的字，讓那些字成爲花蓮小姐的化身。

這次我選擇原子筆，而不是鋼筆書寫。

如果有兩張相同的卡片，還可以試寫，但眼前只有一張卡片而已，而且是一百年前的紙張。基本上，歐洲生產的紙不會發生鋼筆墨水暈開這種事情，但因爲是古董紙，很難預料會發生什麼狀況，墨水一旦暈開，後果將不堪設想。

爲了避免花蓮小姐特地從比利時買回來的卡片毀在我手上，這次決定使用原子筆。說是原子筆，卻也不是那種出墨很不均勻的廉價原子筆，而是我從小愛用的 ROMEO No. 3。

ROMEO 是百年文具店伊東屋在大正三年（一九一四年）發售的原創筆款，並且同時推出了鋼筆和原子筆。我使用的是當時販售的原子筆，上上代很愛這款原子筆。

我拿起 ROMEO No. 3，在紙上一次又一次試寫花蓮小姐事先擬好的內容。

原本以為是簡單的工作，沒想到一直寫不出理想的字。為人代筆時，有時一下子就可以寫出如預期的字，但有時候寫了一、兩百張，仍然覺得不對勁。寫字的行為就像生理現象，無論自己多想寫出漂亮的字，無法如願時就是無法如願。即使痛苦得滿地打滾，寫不出來就是寫不出來。文字就是這樣的怪物。

這時，耳邊突然響起上代的聲音。

要用身體寫字。

的確，我是在用腦袋寫字。

看向外頭，太陽已經下山，天色已經暗了。夜色彷彿把額頭和鼻子貼在山茶花文具店的玻璃門上偷看我。漆黑夜色中，我的臉龐宛如上弦月映照在玻璃門上。

上代寫的「山茶花文具店」幾個字即使從背面看，也美得讓人陶醉。這幾個字並不像鉛字那麼工整，看起來有點潦草的感覺很絕妙。

好了。

我努力將注意力集中在丹田下方。

把卡片放在適中的位置，再度拿起 ROMEO No. 3，然後慢慢閉上眼睛。即使不看著紙，要書寫的內容也完全印在腦海中。

我貼近花蓮小姐的臉。

接著用右手輕輕握住花蓮小姐的右手，閉著眼睛，像深呼吸般在卡片上寫字。

生日快樂。
六十枝鮮紅色的玫瑰花，
祝賀您六十大壽。
您和爸爸恩愛的身影，
是我們夫妻的榜樣。
願您青春永駐，長命百歲。

花蓮 敬上

當我緩緩張開眼睛時，發現卡片上的字很陌生，簡直不像出自我的手。決定用原子筆寫這張卡片是正確的決定，從這些文字中，可以感受到花蓮小姐的恭謹有禮和純潔。我把寫好的卡片裝進信封。

晚上七點多，花蓮小姐再度來到山茶花文具店。看起來質料很好的深藍色大衣和白色圍巾穿在她身上很好看。

「我呈現了這樣的感覺……」

我戰戰兢兢地遞上卡片。花蓮小姐一看到卡片，立刻歡呼起來。

「簡直就像我自己寫的！謝謝妳！」

她像少女般興奮不已。

花蓮小姐用力握住我放在桌上的手，不斷道謝。大概是外面很冷吧，她的手很冰。

「這沒什麼……」

我誠惶誠恐地說，但花蓮小姐露出激動的表情：

「我一直想寫這樣的字。」

她喃喃說著，眼眶泛著淚水。

「很高興能幫上妳的忙。」

不知道為什麼，我在說話時，也熱淚盈眶。說句心裡話，我幾乎不太記得閉著眼睛寫卡片的過程，只是努力想和花蓮小姐的心融為一體。

我擦著眼淚對她說：

「我才要感謝妳。過去我一直誤以為，字之所以寫得醜，是因為寫字的人的內心如此；但認識妳之後，才知道這種想法是偏見，所以，真的很對不起。」

我說著說著，淚水再度從臉頰滑落，停不下來。

「妳不要道歉啦！」

花蓮小姐也哭得整張臉都皺成一團；但即使是皺成一團的哭臉，也很有魅力。我猜想花蓮小姐應該一直很在意自己的字。

「歡迎妳隨時再來找我，如果妳不嫌棄，我願意助妳一臂之力。」

花蓮小姐聽我這麼說，又哭了起來。

上代說的「影武者」，一定就是這個意思。我很慶幸自己繼承了代筆人的工作。

時序進入十二月後，一下子有了年終將至的感覺。

這個季節會接到大量委託寫賀年卡姓名住址的工作。就賀年卡來說，我只接一百張以上的代筆工作，所以只限料亭和旅館等大宗委託，費用設定也偏高。

但即使如此，上門委託的客人仍然絡繹不絕。所以，十二月時，我從早到晚都離不開山茶花文具店的桌椅，有時甚至一邊顧店，一邊寫賀年卡的姓名住址。從早晨起床到晚上睡覺為止，全都忙得團團轉，一天很快就過去了。日復一日過著這種生活，轉眼間，一個星期就過去了。等到不經意地抬頭看向月曆時，才發現臘月已經過了一大半。

當我回過神時，發現聖誕節已過，家家戶戶門口都出現了新年的擺設。年終的穩靜感淡淡地籠罩了整個鎌倉。

山茶花文具店好不容易結束了一整年的營業，我總算有時間打掃店裡。

終於，順利寫完了最後一張賀年卡的地址和姓名，手臂卻罹患了腱鞘炎，肩膀也硬得像石頭，而且不知道是否因爲鬆了一口氣的關係，好像有點感冒了。

除夕那天，雖然咳嗽不斷，但還是去八幡宮參加大祓儀式。轉眼間半年過去了，參加夏越大祓就像是不久前的事。參加完大祓，我直接回家，立刻在門口掛上新的大祓注連繩。因爲才剛打掃過，所以山茶花文具店的玻璃門特別光亮，完全沒有指紋。

每當強風吹來，紅色的紙帶便翩翩起舞。托大祓注連繩的福，這半年都平安無事。

我正準備走進家門時，發現信箱裡有一封信。

這幾天工作太忙，我沒時間看信箱。而上代過世後，家裡也不再訂報。

縱長的白色信封上所寫的寄件人姓名是「武田聰」。我不認識這個人。但收信人的名字的確寫著「山茶花文具店　公啓」。也許是有人搶先寄來了需要供養的信件吧——雖然必須等到明年才開始受理。

我一進家門，就用拆信刀拆開了信，確認信件的內容，以防萬一。

上代絕不允許我直接用手把信撕開，即使是現在，我拆信時必定使用拆信刀。

年關將近，不知道近來可好？

上次很謝謝妳。

從小到大，甚至連父母都不曾那樣罵過我，所以，一開始我超沮喪。

但搭乘橫須賀線離開鎌倉車站、回到公司的路上，我再次認真思考，當初自己為什麼會選擇當一名編輯的初衷。

以前，我從來不曾思考過這件事，所以這種感覺很新鮮。

我發現，自己想要製作別人看了之後會感到高興的書。

我自己寫了原本打算委託妳寫的信，但遭到拒絕了。但是，我不會放棄。我打算一次又一次邀稿，直到對方答應為止。

最後，真心感謝妳當時認真地表達了坦率的意見。

天氣漸冷，請多保重。

又及，

除了工作之外，這是我生平第一次寫信。

武田先生想必很努力地寫了這封信，雖然信的內容讓人感覺很死板，但任何人第一次寫信差不多都是這樣；只不過他潦草的字跡實在讓人忍不住噴飯。用這種筆跡寫邀稿信的話，對方大概也不會認爲他出自眞心誠意吧，但信中所寫的每一句話，都是發自他的內心。

那件事曾經讓我沮喪不已，也深刻反省，既然我身爲專業代筆人，無論遇到再怎麼不喜歡的客人，即使對方要我寫的內容再怎麼無法認同，都應該面帶笑容地接受。這才是稱職的代筆人。

在我好不容易即將遺忘當時的懊惱之際，收到了這封信，而且還算是不錯的結果。因爲如此一來，這個世界上又多了一個願意提筆寫信的人。

或許是因爲換上新的大袚注連繩，又意外收到武田先生的信，使得心情放鬆的關係，我竟然拿著他的信，就這樣在沙發上躺了下來。

回想起來，即使是我那個年代，也已經有很多同學都用電子郵件拜年；這麼說來，比我更年輕的武田先生這個年紀的人，就算成年之前從未寫過信，也不是什麼奇怪的事。我仔細思考著這些問題，卻在不知不覺中睡著了。

當我再度睜開眼，發現天色已完全暗了下來，而且還聽到鄰居叫我的聲音。

「波波，妳在家嗎？」

「在啊！」

我一邊很有精神地回答，一邊從沙發上跳了起來。

「要不要去敲除夜鐘？」

聽到她這句話，我才想起今天是除夕。我到底睡了多久？

「我馬上準備出門。」

我慌忙起身，在脖子上圍好圍巾。沒想到一眨眼的工夫，時間已經這麼晚了。豎起耳朵，的確可以聽到遠處響起鐘聲。鎌倉有很多寺院，除夕之夜，鐘聲四處可聞。

我和芭芭拉夫人一起走在寂靜的河邊道路上。

芭芭拉夫人脖子上圍了條狐狸毛圍巾，還有淡淡的樟腦丸味道。上代生前也常用類似的圍巾，也許這種款式以前曾在日本流行過吧。

天氣很冷，所以我緊挨著芭芭拉夫人身邊走，她便輕輕挽住我的手。我和芭芭拉夫人的嘴裡都吐出了白煙。

星星在葉子已落盡的枯樹後方閃爍著。

「波波，我要告訴妳一件有用的事。」

芭芭拉夫人說。

「什麼有用的事？」

我問她。

「可以讓自己得到幸福的魔咒，一直以來，我都身體力行。」

芭芭拉夫人呵呵地笑了起來。

「請妳告訴我。」

「只要在心裡說『閃閃發亮』。只要閉上眼睛說，『閃閃發亮、閃閃發亮』就好，這麼一來，就會有許多星星出現在內心的黑暗中，變成一片美麗的星空。」

「只要說『閃閃發亮』就可以了嗎？」

「對！是不是很簡單？而且不管在什麼地方都可以做到。只要這麼做，痛苦的事、悲傷的事，全都會消失在漂亮的星空中。吶，妳現在就試試看。」

既然芭芭拉夫人這麼說，而且她還挽著我，於是我閉上了眼睛慢慢走著。

閃閃發亮、閃閃發亮、閃閃發亮、閃閃發亮。

我在心裡默念。

星星出現在原本空無一物的內心黑暗中，最後甚至有點刺眼。

「簡直就像魔法。」

「對不對？這個魔咒很有效，妳試試看。這是我送妳的禮物。」

芭芭拉夫人在我耳邊低語。我抬頭望著天上的星星，對她說了聲「謝謝」。

冬

從玄關走到屋外，發現地面閃閃發亮。我把腳輕輕放在枯葉上，隨即聽到凝霜碎裂的聲音。元月一日的早晨，我突然很想吃可頌麵包。

雖然外面很冷，但晴空萬里，心情很舒暢。就這樣步行前往神社參拜。我走在通往海邊的山路上，當成運動似的快步走著。

一步一步，一步一步。天空晴朗得讓人忍不住想落淚。

沿著大馬路右轉，走進住宅區的狹窄巷內，很快就看到了壯觀的山茶樹。雨宮家每年新年參拜都是去由比若宮。

據說山茶花文具店門口的那棵山茶花，是用由比若宮的山茶樹樹枝扦插而來的。不知道是上代還是上上代，把被颱風吹斷的樹枝帶回家，試著種在家門口，沒想到竟牢牢地扎了根、長成了大樹。

這間位於材木座的簡樸神社是八幡宮的前身，所以也稱爲「原八幡」。上代在世時，每年元旦在家吃完鹹年糕湯，必定會帶我來這所神社參拜。在鎌倉眾多神社佛閣中，由比若宮或許是最能令我心情放鬆的地方。

小小的神社周圍長滿了樹木，不知道該說是鬱鬱蒼蒼，還是雜亂無章，看起來像叢林般茂盛。也許因爲其中有芭蕉樹的緣故，這片空間顯得很有南國風情。

畢竟是元旦，所以無法像平時一樣獨占神社。年輕的巫女穿著鮮豔的衣裳，滿面笑容地爲參拜的客人奉上神酒。

「新年快樂。」

巫女向我拜年。

「新年快樂。」

「要不要喝一杯？」

「謝謝。」

這是我今年第一次開口說話。

我和芭芭拉夫人一起敲完除夜鐘後，在去年還沒結束前便各自回家。今天早晨，芭芭拉夫人家沒有動靜，也許她受男友之邀，一起去看元旦曙光了。

將巫女恭敬倒進杯中的神酒含在嘴裡，屬於新年的獨特味道在口中擴散。我品嘗著濃醇的神酒在舌尖上打轉的滋味，不慌不忙地分三次把酒喝完。白色小碟子中央浮現淺淺的仙鶴圖案。

由比若宮允許參拜的客人將飲用過神酒的小碟子帶回家，雨宮家的碗櫥裡有一疊歷代在每年新年參拜後帶回家的白色小碟子。雖然八幡宮也使用相同的小碟子，但是喝完後會收回，不能帶回家。這種小碟子很適合用來沾醬油。

可能是一大早就喝酒的關係，腦袋有點昏沉沉的，我便坐在神社內的長椅上，注視著天空。不論這裡還是那裡，整片天空都染上完美的藍色，讓人覺得不可能更藍了。

山茶樹的枝葉恣意生長，彷彿把手伸向蔚藍天空似的。那邊有幾隻初雀——今年第一次看見的麻雀——整齊地站在樹枝上，鼓起的肚子很像炸年糕片，很有新年的味道。我情不自禁地露出微笑。

我抬頭向著天空，閉上眼睛，想著今年新春試筆要寫些什麼、自己又希望今年是怎樣的一年。

「魁」？「曉」？「元旦曙光」？還是「希望」？

但始終找不到一個剛好可以卡進心靈縫隙的詞語。

當我思考這些事時，風從大海的方向吹來，瀏海好像在跳華爾滋。

帶著一絲暖意的風就像透明的輸送帶，只帶來美好的事物。聽說以前的海岸線就在由比若宮前。

有一家人帶著活潑的孩子來參拜，我再度緩緩睜開眼睛。遠處傳來海鷗哭泣般的叫聲，每次聽到這種聲音，我總會不由得感到難過。

回家路上，我去車站前搭了公車，在十二所神社前下車。沿著河邊往太刀洗川上游、走向朝比奈切通的方向。原本以為這麼偏僻的地方應該不會有觀光客，結果我錯了。一群登山裝扮的男男女女殺氣騰騰地衝下坡道。

太刀洗位在小瀑布前，湧出的泉水用細竹筒從山崖上接了下來。

我先洗了手，然後汲水咕嚕咕嚕一飲而盡。直衝腦門的冰冷喚醒了全身所有細胞，在原八幡喝神酒產生的淡淡醉意也跟著四處逃竄，消失無蹤了。

太刀洗是鎌倉五大名水之一。很久很久以前，一位武士殺了人之後，用這裡的泉水清洗沾滿血跡的刀，因而得名。雖然鎌倉號稱有五大名水，但目前只有這裡和錢洗弁天還繼續使用。

我把從家裡帶來的空保特瓶放在竹筒前端，裝了滿滿的新鮮泉水。這也是上代在世時，每年必不可少的儀式之一。雨宮家都會在元旦早晨來這裡盛取每年第一次汲的初水。

隔天，我用從太刀洗帶回的初水挑戰了新春試筆。我已經有好幾年沒寫新春試筆了，把書寫道具和座墊對著今年的吉祥方位排好，再將以保特瓶裝回來的初水倒進葫蘆的硯滴中，仔細磨墨。

目前做爲硯滴使用的，是崎陽軒的「小葫蘆」。以前住在星巴克御成町店旁的漫畫家橫山隆一先生，爲崎陽軒燒賣便當中的醬油小瓷瓶畫上人臉，而雨宮家有完整四十八款不同臉孔的小葫蘆。

只有今天，不爲任何人，而是爲自己寫字。代筆的工作需要化身爲各式各樣的人，感受不同的心境後再寫字。雖然聽起來像在自誇，但我眞的覺得自己越來越能順利附身在不同人的文字上。只不過猛然停下腳步思考時，發現我還不知道自己的字，我還沒能邂逅像是在體內流動的血液般、代表我這個人的字。我的字將如同自己的分身，無論擷取其中任何一部分，都充滿我的基因。

我認爲上代有屬於自己的字。我之所以遲遲無法撕下她貼在廚房的標語，就是因爲她仍活在那些文字中。文字的軌跡裡，至今仍然鐫刻著她的呼吸。

上代雖然完成了不計其數的代筆工作，卻始終沒有迷失自我，即使在生命的最後一刻依然如此。就算肉體離開了這個世界，卻仍活在她所留下來的文字裡，靈魂仍寄託其上。這才是手寫文字眞正的樣貌。

用筆尖沾取了充足的墨汁後，用力深呼吸，把內心徹底放空。然後將筆緩緩落在宣紙上。

春多食苦、夏多食酸、秋多食辣、冬多食油

我突然很想寫和上代相同的文字。

寫完最後一個字，宛若在空中漂浮的飛碟般輕輕提起毛筆，頓時有股新鮮空氣流入身體。有那麼一剎那，我的心完全放空。

不過，還是不對勁。不知道是文字下方影子的深淺，還是密度，或者說是存在感有問題，總之，有某種決定性的不對勁。但這就是目前的現實。

我思考著這些字，用草綠色的紙膠帶把自己的新春試筆貼在上代寫的標語旁。

元月三日後，寄到山茶花文具店的郵件開始增加。

因爲過年後，便開始受理要放在文塚供養的書信。

這些書信從全國各地，有時候甚至從國外寄到山茶花文具店，都是收件人無法自行處理的書信。

姑且不論廣告信函，收到別人寄來的信時，很難看了之後就丟棄。即使只是一張明信片，只要是對方親手所寫，就能從中感受到書寫者的用心和耗費的時間。但如果全都保留下來，就會越積越多，的確不堪負荷。

雨宮家從這件事中看到了商機。

雖然或許不該這麼說，但總而言之，雨宮家代代都會進行這項神聖的儀式。這和供養舊縫衣針和人偶一樣，由雨宮家代替收件人，好好供養那些寫在書信上的言靈。

寄來的書信中，情書占壓倒性多數；這其實也在意料之中。

很多人無法丟棄舊情人寄給自己的信，一直保留著，但好不容易要和其他人結婚了，於是下決心放棄這些舊情書，卻不忍心就這樣丟進垃圾桶。

甚至有人每年把前一年收到的所有書信和明信片，連同賀年卡一起寄來。名爲「供奉金」的處理費用採自由樂捐的方式，只要同時寄上適當金額的郵票即可。受理截止日期到一月底爲止，在農曆二月三日當天舉行永久供養儀式，代替書信的主人供養這些信件，然後付之一炬。這是雨宮家代代相傳、一年之中最重要的儀式。

而且，今年是相隔數年後，再度重啓這項儀式。在上代去世、由壽司子姨婆代爲管理山茶花文具店的這段期間暫停受理。等到我回來之後，又恢復了書信供養的儀式。

雖然信箱裡塞滿了信，卻沒有任何一張是寄給我的賀年卡，未免有點心酸。去年年底忙著處理賀年卡的代筆業務，無暇寄賀年卡給親朋好友。雖然有好朋友在國外，但他們都用電子郵件拜年，特地寫賀年卡寄給住在隔壁的芭芭拉夫人也有點奇怪。

山茶花文具店從一月四日正式開始營業。鎌倉大部分商家都只在除夕休息一天，元旦起開始營業，所以相較之下，四日才開張算是很悠閒。

原本以爲新年不會有客人上門，沒想到去鎌倉宮參拜的人也會順道來店裡逛逛。我準備了十份裝有庫存商品的文具福袋試賣，竟然當天就賣完了。機不可失，我在打烊後又準備了十份福袋。因爲原本對福袋並沒有抱太大的期待，所以忙得不可開交，但還是高興得忍不住尖叫。

還有一件高興的事，可爾必思夫人帶著她的孫女木偶妹妹一起來店裡。

那時候店裡剛好很忙，所以無法和她們聊很久。她們去附近的親戚家拜年後，順便繞到店裡。可爾必思夫人的腿傷已經痊癒，木偶妹妹也一下子長高了，祖孫兩人看起來都很有活力。

當她們準備離開時，我小聲問木偶妹妹上次情書的事，她若無其事地回答：

「老師的事已經不重要了，因爲他結婚了。」

也許她找到了其他更能樂在其中的事。看到可爾必思夫人頭上戴著小圓點圖案的髮帶，我忍不住笑了。

這對祖孫如果知道我和上代過去相處的方式，絕對會嚇一大跳。可爾必思夫人和木偶妹妹手牽著手走出山茶花文具店，看起來就像是忘年之交。

六日傍晚，男爵翩然現身。

原本客人一直絡繹不絕，但那一刻剛好完全沒有其他客人。聽到木屐大步走來的聲音，我一抬頭，看到男爵拎著白色塑膠袋站在我面前。他並沒有向我拜年，只冷冷地說了一聲：「七草。」便轉身準備離開。

「請等一下！」

難得來一趟，就算請他喝杯甘酒也好，於是連忙挽留男爵，卻忍不住尖叫起來。事後回想起來，覺得好丟臉。

我從放在火爐上的雙耳鍋裡舀了滿滿的甘酒裝進紙杯，遞給男爵。新年期間，我會請所有上門的客人喝杯甘酒。

「甘酒不是夏天的飲料嗎？」

聽到男爵這麼說，我大吃一驚。我一直以爲甘酒是冬天的飲料。

「是這樣嗎？」

「不是都會挑著扁擔，沿路叫賣『甜啊，甜啊，甘酒甜啊！』嗎？聽說可以預防中暑。」

男爵嘴上雖然這麼說，但還是一口氣把甘酒喝完了。他喝得那麼急，喉嚨會燙傷吧。也因爲喝太快的緣故，男爵的臉變得通紅。

「夏天的甘酒應該很冰吧？」

我難以理解地問男爵。

「應該是這樣吧。甘酒冰冰的也很好喝。」

男爵留下一句「謝謝招待」，又精神抖擻地走出店外。

他帶來的塑膠袋還放在桌子上，我打開綁緊的袋口，冰冷的泥土味撲鼻而來。男爵親自去山上採了春之七草給我嗎？春天在塑膠袋裡提前到來了。

聞著這七種草花的香氣，我突然在意起自己的指甲。或許這就是所謂的「習慣成自然」。上次剪指甲，已經是去年的事了。

小時候，一到元月七日早晨，上代一定會幫我剪指甲。

六日晚上把七草浸泡在水裡，隔天早晨，先把手指浸在七草水中，再剪指甲，稱爲「七草爪」。七日是新年後第一次剪指甲的日子，從元旦到六日晚上，無論指甲再怎麼長，都不可以剪。

上代曾經說，只要按七草爪的方式剪指甲，一整年都不會感冒。我在國中畢業前都信以為眞，但上了高中、變得叛逆之後，大罵那是迷信，完全無視七草爪的習俗。之後，甚至從來不曾想起七草爪這件事。

男爵離開後，我立刻把七草放進盆子，用冷水洗乾淨。七草都很新鮮，彷彿尚未發現自己已從泥土中被拔了起來，舒服地漂浮在不鏽鋼盆裡。

隔天，我馬上把手指浸泡在漂著七草的水中。經過一晚，水變得冰冷，仔細一看，發現表面有一層薄薄的冰。

我正襟危坐，帶著嚴肅的態度開始剪指甲。當年像櫻貝般柔軟的指甲，如今已完全是大人的樣貌。

先是右手，再來是左手，我仔細剪完雙手的指甲。這是闊別十幾年的七草爪。

指尖變得清爽後，我開始煮粥。我決定今天要跟芭芭拉夫人打招呼。自從去年除夕去敲鐘後，我還沒見過她。

「早安——」

我下定決心，從丹田發出聲音。

「我該不會還沒向妳拜年吧？新年快樂。」

芭芭拉夫人一如往常，用活力充沛的聲音回答。

「新年快樂，今年也請多關照！」

我按捺著那終於鬆了一口氣的心情，很快回答。其實我心裡一直七上八下的，擔心芭芭拉夫人是否發生了什麼意外。這份不安幾乎把我的心壓垮了，但聽她的聲音，還是和平時一樣有精神。

「波波，妳有沒有吃到好吃的鹹年糕湯？」

芭芭拉夫人完全沒察覺我在爲她擔心，語氣開朗地問我。

上代在世時，每年都是她煮鹹年糕湯，年糕湯裡會加入肉丸和水芹菜，肉丸則是用車站前的雞肉專賣店「鳥一」賣的半土鴨絞肉做的。但今年我覺得做一人份的鹹年糕湯太麻煩，所以還沒有吃。我含糊其詞，反問芭芭拉夫人：

「芭芭拉夫人妳呢？新年過得好嗎？」

聽到我的問題，芭芭拉夫人痛苦地咳嗽起來。

「妳感冒了嗎？」我問。

搞不好她眞的因爲生病而一直臥床。

「我也不知道，應該只是昨天晚上有點著涼了吧？」

「我要煮七草粥，妳要不要一起來吃？」

我向她傳達了這天的頭等大事，再度傳來一陣咳嗽聲。

「太好了！那我可以現在去妳家吃嗎？」

雖然她回答的聲音有點沙啞，但很有精神。

「當然沒問題，只是我現在才要開始煮，等一下才會好。我會趕快煮一煮，煮好後再叫妳。」

「才不要。」

芭芭拉夫人的回答出乎我的意料。

「匆匆忙忙煮出來的七草粥不好吃。」

她故意用撒嬌似的口吻說道。我立刻便理解她的意圖，於是改口：

「那我會花足夠的時間慢慢熬粥。」

我在說話的同時，伸手去拿砧板和菜刀。

「謝謝，七草粥太讓人懷念了，我已經好幾年沒吃了，真期待啊。」

芭芭拉夫人說完這句話就走開了。

我把男爵送我的七草倒進瀝水籃。薄冰已經溶化不見了。

洗好兩人份的白米，倒進砂鍋，接著再加水。冰箱裡還有元旦那天在太刀洗汲取的泉水，接下來就是花時間慢慢熬粥。在海外流浪的那段日子，爲了讓爲數不多的白米能撐久一點，我經常煮粥吃。

這是今年第一次和芭芭拉夫人一起吃早餐。仔細想想，發現我們雖然才一星期沒見，卻覺得好像很久沒見到她了。聽到芭芭拉夫人的聲音後，終於恢復了日常的生活。

在鎌倉天空飄著小雪的寒冷下午，一名男性面色凝重地走進山茶花文具店。

「請問有人在嗎？」

這名男子很規矩地在店門口脫下帽子、將肩上的雪花拍落後，才走進店內。

外面應該很冷。即使關上玻璃門，店裡還是很冷，門一打開，更加冰冷的空氣便立刻衝了進來。

男子直直走向我，手裡小心翼翼抱著一個用布巾包著的包裹。想必是上門委託代筆的客人。

「請坐。」

我拿了張圓椅凳請他坐，然後把葛粉放進茶杯，再將火爐上已燒開的水倒進杯子。

男子仔細疊好脫下的大衣，放在腿上。是偵探常穿的那種肩膀上有斗篷的大衣，我忘了這種款式的大衣叫老鷹大衣還是飛鼠大衣，只記得有動物的名字。

「請趁熱喝吧。」

我用木匙充分攪拌葛湯後，把其中一杯遞到他面前。

他坐在我斜前方。我給他的是客人用的茶杯，自己的份則是倒進馬克杯。葛湯是芭芭拉夫人年底和男朋友去奈良旅行時帶回來的伴手禮。

男子雙手捧著茶杯暖手，他的嘴裡吐出的氣帶著淡淡的銀色。

「你願意寫多少就寫多少，可以麻煩你寫一下個人資料嗎？」

我猜想他的手應該變暖了，於是把紙筆放在他面前。他用彷彿挺直身子般的明晰筆跡，寫下了自己的名字。

我輕聲問眼前的白川清太郎先生：

「請問你想委託的內容什麼？」

清太郎先生用一臉無可奈何的表情開了口：

「我想要讓我媽解脫。」

「令堂嗎？」

他想讓他媽媽解脫。這句話是什麼意思？我差一點產生可怕的念頭，但急忙甩開了。清太郎先生無奈地重重嘆著氣，然後一口氣說了起來。

「我媽個性很好強，在九十歲前，一直獨自在橫濱生活，完全不靠別人。但進入養老院後，卻開始說一些奇怪的話。

「我補充一下，我爸以前開貿易公司，很多年前就過世了。但我媽竟然說，我爸會寄信到家裡，所以吵著要回家。

「我爸是個很冷漠的人，老實說，我對他沒有什麼好的回憶。以前即使他偶爾回家，也整天板著一張臉，我完全不記得小時候他曾帶我出去玩。即使我鼓起勇氣跟他說話，他也不理我。他就是那種很傳統的男人，從來沒送過我媽任何東西，更不曾說過任何體貼安慰的話，話雖如此，他喝酒之後也不會打人或罵人就是了。

「正因為我爸是這種人，所以我完全不相信他會寫信給我媽，我和姊姊一直覺得是我媽在胡說八道或幻想。

「沒想到前一陣子，姊姊去我媽家裡整理，竟然在衣櫃底層找到了那些信。就是這些。」

清太郎先生說到這裡，視線緩緩移向腿上的包裹。

我伸手拿起自己的馬克杯，喝著稍微變涼的葛湯。柔和的口感在舌尖漸漸擴散。

清太郎先生仔細摺好包袱巾，把那疊信遞到我面前。那些信用紅色的繩子綁了起來。雖然大部分都是明信片，但也有一些信件。

「請妳隨意打開來看。」

得到清太郎先生的同意後，我雙手捧起那疊信，拿到自己面前。

舊紙張特有的、彷彿乾燥灰塵般的味道撲鼻而來。我輕輕打開繩子，那疊信緩緩倒下，在桌上散開成扇形。

最上面是一張印有黑白照片的明信片。穿著古早泳衣的人在巨大的游泳池裡開心地游泳。

「我可以拜讀嗎？」

閱讀不是寫給自己的信時，內心總是對寄信人和收信人雙方深感抱歉，但清太郎先生對我露出「請妳務必要看」的眼神，我向他欠了欠身，把手上的明信片翻了過來。

「我到今天仍無法相信，那個整天板著臉的爸爸竟然這麼愛開玩笑。」

在我閱讀內容時，清太郎先生也把頭湊了過來，小聲嘀咕著。對於哪一張明信片上寫了什麼內容，他應該都很熟悉了。

「這和我們所認識的爸爸完全判若兩人。」

雖然他說得一副好像因爲太過驚訝而拒絕接受似的，但內心也許覺得很高興。清太郎先生的眼角透露出溫柔。

「只要他寄一張這樣的明信片給我和我姊姊，我們的人生也許就不一樣了。」

明信片上大大方方地表達了對清太郎先生母親的愛。他的父親大概是很擔心太太吧，所以從各地寫信給妻子，有時候甚至一天連寫兩封。

「眞讓人羨慕。」

我看著那些信的內容，深表感慨地說著，情不自禁嘆了口氣。

「雖然只要仔細想想，就會覺得這是理所當然的，畢竟我爸和我媽也是男人和女人；只是站在小孩子的立場，完全沒有想到這件事。」

「令堂一定每天都期盼收到令尊的信。」

清太郎先生聽到我這麼說，閉上眼睛，深深點了點頭。

「至今仍等待著。」

我喃喃重複這句話，咀嚼話中的意義。

「所以她吵著要回去。看到她那樣，我眞的很難過，忍不住想像她總是背著年紀還小的我們去察看信箱的樣子。我猜那是無法讓我們姊弟看到的、祕密的愛。」

從中間開始，清太郎先生的聲音就變得像是在拚命壓抑情緒似的。一口氣說完後，他輕輕擦拭眼角的淚水。然後再度坐直身子，直視著我。

「可不可以請妳代替去了天堂的父親寫信？」

聽到清太郎先生的要求，這次輪到我忍不住擦拭眼角的淚水。

那天晚上，我看完清太郎先生的父親寫給他母親的所有信件。那是老派男人特有的、蒼勁有力的字。或許他即使在工作時，也隨時帶著愛用的鋼筆。雖然偶爾也會用原子筆寫信，但幾乎都是用同一枝粗尖鋼筆，墨色也都一律是黑色。

字也會像體格一樣遺傳嗎？我以前從來沒有這種想法，但清太郎先生的字和他父親的字一模一樣。

雖然筆跡充滿威嚴，字裡行間卻透露出他對妻子的愛。幾乎所有的信都是以「親愛的小千」或「我深愛的小千」開頭，落款必定是「全世界最愛小千的男人」。

清太郎先生的父母似乎相差很多歲，也許對他的父親來說，愛妻除了是伴侶，同時也像他的女兒。每個字都噴濺出名爲愛情的汁液，而且至今依然潤澤，仍未枯竭。

清太郎先生的母親一定時時刻刻等著先生寄給她的信，她靠著這種期盼，撐過一個又一個分隔兩地的日子。

如果他父親還活著，會寫怎樣的信給他母親呢？

從那天起，我一次又一次，張開想像的翅膀。

一月十五日早晨，在八幡宮舉行的左義長神事中，我的新春試筆被火焰包圍。據說火焰竄得越高，書法就會越進步。我的新春試筆也像飛龍般舞向天空，飛濺出美麗的火星，最後終於燒盡成灰。

但是，代筆人的工作並非只是寫出漂亮的字而已。

當然，書寫紅包袋、獎狀或履歷表時，的確需要把字寫得漂亮。大部分的人都認爲，像機器印出來那種鉛字般的字很美，但是，活生生的人所寫的文字除了漂亮以外，還必須有味道。

一個人寫的字會隨著年歲增長漸漸成熟。即便是同一個人，小學時寫的字，和高中時寫的字當然不一樣；二十多歲時所寫的字，和四十多歲時所寫的字也不一樣。到了七、八十歲，差異就更大了。就算是十幾歲時寫字圓滾滾的少女，變成老太太之後，當然不會再寫那樣的字。文字，也會隨著年齡變化。

不靠整型的自然之美，也包含了漸漸走向成熟的美。一考慮到這些，便完全無法想像如果清太郎先生的父親仍然在世，會寫出怎樣的字。

回想起來，我一直和上代兩人相依爲命，家裡從來不曾出現過男人，甚至完全無法想像父親是怎樣的人。

信的內容雖然幾乎已經構思完成，卻不知道該用怎樣的字體來呈現。即使寫了一次又一次，仍然覺得不對勁。

我爲此痛苦得倒地不起，就像吃壞肚子般滿地打滾。即使如此，仍然找不到適合的文字。越寫越覺得闖進了迷宮深處。

說白一點，就是我陷入了瓶頸。因爲以前從未發生過這種撞牆後完全動彈不得的情況，所以連我自己也驚訝不已，不知所措。

陷入瓶頸的痛苦有點像便祕。很想排泄，卻排不出來；雖然有必須排出體外的東西，卻無法順利獲得解放。這種感覺令人懊惱，也很悲慘。

當我回過神，發現自己連續多日在上床後仍然輾轉難眠。我很少發生這種情況。雖然想向他人求助，卻沒有人幫助我。越是著急地覺得要趕快寫、趕快寫，越是陷入無底的泥沼中。這種時候，眞希望能尋求上代的幫助，但上代把頭轉到一旁，悶不吭聲。

這種鬱悶感持續了半個月。

早晨，用抹布擦地板、努力讓自己振作時，突然聽到芭芭拉夫人歡快的聲音。

「波波，星期天要不要去鎌倉七福神巡禮？昨天我在聯售站剛好遇到胖蒂，聊到今年還沒喝春酒。這個星期天是農曆新年，我就想到星期天文具店剛好休息，妳也可以參加。我們在店裡喝咖啡歐蕾討論這件事時，剛好男爵來買麵包，結果越聊越開心。」

「所以，男爵也要一起去嗎？」

「是啊，他比我們更興奮。怎麼樣？我剛才看了電視的天氣預報，天氣好像還不錯。波波，妳以前有沒有參加過七福神巡禮？」

說句心裡話，我完全沒有心情去巡禮。對目前的我來說，七福神巡禮根本無足輕重。拒絕的話已經衝到喉嚨，又突然覺得去參加似乎也不錯。是因爲抬頭看到的並非上代的照片，而是壽司子姨婆的照片嗎？我覺得壽司子姨婆似乎在向我使眼色說，波波，機會難得，妳就去參加吧。

「幾點集合？」

當我回過神時，發現自己一邊擦地，一邊脫口問道。我趴在地上，抬頭看著月曆。那天的確是農曆新年。

「現在還沒決定；不過男爵興致勃勃地說，他要爲大家準備便當，所以我就負責帶糖果。」

芭芭拉夫人開心地說。

「既然這樣，我準備一些不會和其他人重複的食物。」

我的話音剛落——

「啊，太好了！妳也可以一起去，實在太棒了！我突然開始期待了。只要有期待的事，感冒也會消失無蹤。」

芭芭拉夫人連珠砲似的說道。

「波波，祝妳今天也是美好的一天！」

「也祝妳有美好的一天！」

朝陽從走廊的窗戶灑進屋內。噹——強烈的陽光似乎發出了華麗的聲響，閃亮到幾乎令人暈眩，就連在空氣中飛舞的灰塵也很美。

巡禮當天，男爵最先出現在約定地點的北鎌倉車站前。

「啊，你穿這樣去？」

還來不及打招呼，我便忍不住開口問他。七福神巡禮要走有「鎌倉阿爾卑斯」之稱的健行步道，必須爬山，但男爵竟然穿著禮裝和服的紋付羽織袴。

「今天是過年啊，當然要這樣穿，但我穿了這種鞋子，妳看！」

男爵說著，逗趣地把褲腳拉高。他腳上穿了一雙顏色花俏的球鞋。

「我正在請他們做豆皮壽司，妳坐在那裡的長椅上等一下，其他人應該很快就到了。」

男爵一邊說著，一邊拿出懷裡的香菸叼在嘴上。鎌倉規定，路上禁止吸菸，北鎌倉應該也不例外，但我怕他會凶我，所以沒有吭氣。

男爵菸還抽不到一半，胖蒂便精神抖擻地從剪票口走了出來。胖蒂走路時就像一顆蹦跳的橡皮球，全身所有隆起的部位都同時抖動著。

男爵慌忙把菸丟到地上，用鞋底踩熄。如果他亂丟菸蒂，我打算立刻制止他，還爲此暗中摩拳擦掌，不過男爵把剛踩熄的菸蒂撿了起來，放進藏在和服袖子裡的攜帶型菸灰盒。看來他很守規矩。

芭芭拉夫人也出現了。今天早上因爲各自忙著準備工作，所以並沒有和她相約一起出門。

「早安。」

人到齊之後，我再度向今天要去巡禮的成員打招呼。

「不是早安，要說新年快樂吧？」

男爵立刻反駁我。但聽他這麼一說，覺得似乎有道理。今天是農曆新年。現在才發現，整個街道的感覺都好像染上了紅色，感覺很明亮。

「新年快樂，今年也請多多關照。」

我重整心情，改口說道。四名年紀落差很大的成員在車站前廣場上相互問候。天空好像鋪了一塊藍布，看不到一片雲。

「幸好今天的天氣很不錯。」

「雖然風有點冷，但只要開始走動，應該就沒問題了。」

「七福神巡禮眞讓人期待啊。」

我們三個女人聊得不亦樂乎時，男爵悄悄離開，走進了「光泉」，可能去拿剛才訂的豆皮壽司。我們站著聊了一會兒，男爵手上抱著布包走了回來。裡面應該裝了四人份的豆皮壽司。當男爵漸漸靠近，醋的香氣也越來越強烈。帶著一點甜味的刺鼻味道，讓人忍不住猛呑口水。還沒到中午，肚子已經開始餓了。

「出發！」

男爵朝氣勃勃地發號施令後，自顧自地走了起來。第一個目標是北鎌倉的淨智寺。話說回來，鎌倉這一帶的寺院眞多，說整個城市就是一座大墳墓也不爲過。到處都是寺院，難怪經常有人說看到幽靈。

我們沿著被杉木包圍的石階一個勁地往上走。淨智寺供奉的是布袋尊[10]。

抵達神社的社務所後，我們依次等候社方人員書寫朱印[11]。

「眞讓人興奮啊。」

芭芭拉夫人壓低聲音對胖蒂說。

「就像是集章拉力賽。」

胖蒂也很努力壓低嗓門說話，但也許是因爲職業的關係，她說話的聲音很響亮。

我目不轉睛地盯著寫朱印的人，看他如何運筆。那個人用吸滿墨汁的小楷毛筆流暢地寫字。就我的情況來說，我是代筆人，但這種人應該稱爲「寫字人」嗎？那個人寫完後，在三個地方蓋上特大號的印章，便算大功告成。仔細想想，這是不允許失敗的工作。會不會不小心寫錯字？萬一寫錯時該怎麼處理？

等排在最後的男爵拿到朱印後，我們又一起走下階梯。

「現在還只是熱身而已。」

男爵看到我喝著保特瓶裡的水，對我叮嚀。

「妳年紀最輕，卻喘得最厲害。」

他說對了。

我原本還擔心芭芭拉夫人的體力，目前看來她完全沒有問題。也許她平時因爲跳國標舞的緣故，鍛鍊了腰腿肌肉。

「接下來要去哪裡？」

走在前面的胖蒂轉頭問男爵。

「接下來要從天園健行步道走到寶戒寺。從這裡直走，從建長寺後方上山。」

男爵很客氣地向她說明，和對待我的態度完全不一樣。

終於要開始健行了。雖然我在鎌倉出生，也在鎌倉長大，但只有小時候遠足時健行

---

10 即彌勒佛，主掌福德圓滿。

11 過去的信徒抄經獻給寺廟後，寺方會給予信徒信物，即為「朱印」，後來演變成為信眾參拜後的證明。

過幾次而已。

只不過，光是走到健行步道入口，就已是艱鉅的任務。這座山不愧位居鎌倉五山之冠，而且建長寺很大，無論怎麼走，都走不到看起來像是入口的地方，而且最後還有高難度的險關。

緊貼著懸崖的階梯一眼望不到盡頭。

「啊？我們要走這裡嗎？」

我忍不住用責備的語氣問道。也許我走回北鎌倉車站，搭橫須賀線一站，去鎌倉等他們還比較好。我已經汗流浹背。

我陷入了沮喪。

「吃一顆這個。」

芭芭拉夫人把一顆糖塞進我嘴裡。口中頓時吹過一陣夏天的風。那是強烈的薄荷味道。

「怎麼樣？是不是很好吃？波波，這樣一定就能活力充沛了喲。」

我搞不懂，爲什麼比我年長很多的芭芭拉夫人反而精力滿點。雖然我無法釋懷，但胖蒂已經開始步上階梯，我只好跟了上去。意識有點朦朧，胖蒂的屁股看起來像是奇妙的動物。

這根本是地獄階梯。正當我這麼想時，身後傳來男爵的聲音。

「這所寺院啊，是建在地獄谷的遺址上呢。」

「地獄谷？」

雖然我已經沒有力氣說話，但不理會男爵不太禮貌，我只能上氣不接下氣地應聲。

「聽說更早之前，這裡是刑場。」

男爵說了更可怕的話，但我真的無法繼續發出聲音了。

小腿從剛才就一直抖個不停。既然是新年，就應該優雅地吃年糕，但現在我覺得自己好像罪人在受刑似的。早知道就不該答應參加什麼七福神巡禮。

「波波，這個瞭望臺就是終點。」

胖蒂站在很高的地方，滿面笑容地向我揮手。

「波波，快到了。」

芭芭拉夫人也露出爽朗的笑容為我聲援。

當我好不容易來到瞭望臺時，整張臉已經紅得像楓葉，頭頂幾乎冒出熱氣，其他三個人卻已氣定神閒地站在瞭望臺上看風景。

雖然稱不上絕景，但可以眺望整個鎌倉。左側遠處也可看見相模灣。

可惜這裡並不是終點，只是好不容易走到健行步道的起點而已，要是一直坐在長椅上，屁股說不定會長出粗大的根。我站了起來，這次由我走在最前面。

雖然費了很大的工夫才走到起點，但健行步道走起來很舒服。走在我身後的胖蒂大聲唱歌，其他三人也都小聲跟唱了起來。胖蒂似乎是Spitz的歌迷。幾個大人在健行時唱歌很奇怪。雖然心裡這麼想，但走在山路上唱歌很暢快，令人欲罷不能。

胖蒂的歌聲裡沒有絲毫猶豫，也爲其他人帶來了很大的勇氣。到了下坡，汗水漸乾，濃郁的泥土芳香猛然震撼著平時沉睡的大腦某個部分。走到一半時，我慶幸自己參加了這次新年活動。

走了將近一小時，從紅葉谷走下山。接下來的路我很熟悉，即使閉著眼睛走也沒問題。

「走了山路之後，肚子就餓了。」

芭芭拉夫人說。

「我也是。」

胖蒂很有精神地表示贊同。

「要不要找個地方吃午餐？」

男爵提議。但是，這附近有可以吃便當的地方嗎？鎌倉雖然有很多寺院和神社，卻很少有可以輕鬆坐下來飲食的公園。

「這裡的話……」

聽到男爵開口，不祥的預感掠過心頭。我的預感果然正確。

「離山茶花文具店最近。」

幸虧我早上出門前打掃過。

「我一直很希望有機會在文具店吃飯呢。」

胖蒂像個孩子似的興奮說道。

「波波，我們可以去打擾嗎？」

芭芭拉夫人看著我的臉，關心地問。

我不置可否地應了一聲。我家的確離這裡最近，但芭芭拉夫人家就在我家旁邊；只不過沒有人提這件事，因爲大家都不好意思主動要求去年長的芭芭拉夫人家。

男爵一聲令下，最後決定去山茶花文具店吃午餐。

我從後門進屋後，打開店門，立刻騰出可以容納四個人的空間。芭芭拉夫人和胖蒂坐在爲上門委託代筆的客人準備的圓椅凳上，男爵坐在我平時在收銀臺使用的木椅。我自己則把座墊放在門框上坐了下來。

我急忙爲火爐點了火，去後面廚房燒了開水，在平時備而不用的大茶壺裡泡了滿滿一壺京番茶，然後把茶杯和茶碗一起放在托盤上走回店堂。每個人面前都放著豆皮壽司，我把茶倒進四只各不相同的茶杯和茶碗後，大家一起開動。壽司盒外頭飄出輕柔而酸甜的醋香。

大家默默吃著豆皮壽司。略偏硬的米飯粒粒分明，一起塞進鹹中帶甜、溼潤多汁的薄薄豆皮中。

「我第一次吃到這麼好吃的豆皮壽司。」

胖蒂說話的表情好像快哭出來了。

「咦？胖蒂，妳不知道光泉的豆皮壽司嗎？」

「不知道。」

不知道是否因爲急著回答，米粒不小心嗆進喉嚨了，她滿臉通紅地咳嗽起來。

「請喝茶。」

我把裝了京番茶的茶杯遞到胖蒂手邊。胖蒂咕嚕咕嚕地把茶喝完了。

我從背包裡拿出四顆原本打算在飯後吃的蜜柑。早知道回來這裡吃午餐，我就不必扛著四顆蜜柑健行了。這是幾天前在附近蔬果店買的愛媛蜜柑。

飯後，大家拿著蜜柑吃了起來。我猶豫著要不要吃最後一個豆皮壽司，但最後決定留下來。我的那顆蜜柑既不甜，也不酸，沒什麼味道。

男爵吵著要喝餐後咖啡，所以我們又一起去了Bergfeld麵包店。我平時在家不喝咖啡，因爲只沖一人份的咖啡也不好喝。雖然如果在櫃子深處翻找一下，應該還有壽司子姨婆生前常喝的即溶咖啡，但男爵不會想喝這種咖啡。杯子可以等回來之後再洗，於是我和大家一起走出了文具店。

途中去了鎌倉宮，所有人都丟了除厄石。雖然我在這附近出生、長大，但還是第一次嘗試這種儀式。對著素燒的薄盤吹一口氣，讓厄運轉移到小盤子上，再用力丟向石頭。大家都神情嚴肅地丟著陶盤。

啪哩。芭芭拉夫人丟盤的聲音最清脆。

「太好了！這樣我就可以徹底甩開厄運了。」

她興奮地做出勝利姿勢。

所有人都消除厄運後，我們從荏柄天神前經過，走進狹窄的巷道內。寒冬的鎌倉沒什麼人，來往的行人都是本地人。走在我們前面的柴犬舉起一條腿，對著電線桿撒尿。看著那道拋物線冒出的熱氣，覺得更冷了。

走進Bergfeld麵包店喝咖啡時，天氣越來越詭異，天色明顯暗了下來。今天的預報完全不準。

「早上天氣還那麼好。」

所有人都看向窗外。好像隨時會下雨的樣子。

「要不要先離開這裡去寶戒寺？」

聽到男爵的提議，大家紛紛站了起來。

因爲來往車輛很多，所以我們排成一列，快步走在大馬路上。雖然上午興致勃勃地出發展開七福神巡禮，但一直在閒逛。仔細想一想，才巡禮了一個地方。

「寶戒寺供奉的是哪一位神明？」

胖蒂問。

「應該是毘沙門天吧。」

男爵回答。

「秋天的白色胡枝子很美，我常常去。」

芭芭拉夫人接著說道。雖說我常經過寶戒寺門口，已經很熟悉了，但從沒進去過。最大的原因，就是因爲要收門票。

我從零錢包裡拿出硬幣，付了一百圓的拜觀費。一踏進寺內，本殿前的梅樹上開著紅色和白色的花，宛如色彩繽紛的米果「雛霰」般可愛。我閉上眼睛深呼吸，淡淡的甜蜜芳香流入身體深處。雖然天氣還很寒冷，但春天的腳步已經漸漸近了。

「眞漂亮。」

我睜開眼睛，胖蒂站在我旁邊，和我一樣瞇起眼睛，吸著香氣。從側面看，胖蒂的胸部更壯觀。

寫完朱印，我們正在討論接下來要去哪裡，天空飄下了一滴，又一滴的雨。

「先去八幡宮再說。」

芭芭拉夫人提議，其他人都表示同意。今天是農曆元月初一，是喜慶的日子。

我們一邊注意著大型遊覽車，一邊走在大馬路上，從正面穿過鳥居。八幡宮的弁財天供奉於源氏池的中島上，但我很怕去那裡，因爲中島上有很多鴿子；放眼望去，到處都是白色的鴿子。成群的鴿子太可怕了。雖然我名叫鳩子，卻很怕鴿子，這聽起來很奇怪，不過目前爲止，我從不覺得鴿子可愛。

戰戰兢兢地參拜完畢，寫了朱印。今天總算巡禮了三座神社佛閣。大家冒著小雨，很自然地走向神社內部。所有人應該都想著同一件事。要是元旦當天來八幡宮參拜，都得大排長龍，所以無意來湊熱鬧；但農曆新年就可以如願參拜。我以前從來沒有走上階梯參拜的經驗，但今天是特別的日子，所以打算走到本殿前，恭敬地拍手參拜。

然而，我還是覺得有點鄉土風情的由比若宮比富麗堂皇的八幡宮更有魅力，而且好像更能夠保佑我。

爬上階梯中段，看到了大銀杏樹。我之前就知道這棵銀杏樹被雷劈倒了，但親眼看到，還是很難過。儘管將大銀杏再長出來的新枝圍了起來，不過看起來還很脆弱。最後，我們四個人並排站在一起參拜。

我們移動到人少的地方，討論接下來的行程。

我不想打著雨傘繼續七福神巡禮。雖然我沒有說出口，但大家的想法似乎差不多，胖蒂在絕妙的時機提議：

「要不要改天再繼續？」

不愧是小學老師，決定很果斷。

「是啊，看這個樣子，雨似乎不會停。」

「有道理，那就下次再完成接下來的行程。」

「那就在這裡解散。」

巡禮行程就這樣結束了。如果大家都還是十幾二十歲的年輕人，也許會一鼓作氣，決定在雨中繼續巡禮。

男爵說，身體有點著涼，要直接去稻村崎溫泉。胖蒂覺得是好主意，問我要不要一起去。不過去稻村崎的話，回程很麻煩，所以我婉拒了。芭芭拉夫人晚上要上國標舞課。

我們目送男爵和胖蒂走向車站的方向。

「波波，妳要直接回家嗎？」

芭芭拉夫人問我，我有點猶豫不決。直接回家，感覺有點不盡興，所以不怎麼想回家。

「那這個給妳用。」

芭芭拉夫人借給我一把摺傘。

「那妳呢？」

「我有這個啊，所以不必擔心。我打電話叫達令來接我。」

她從背包中拿出雨衣穿了起來，靈活地操作著原本放在口袋裡的智慧型手機，露出一本正經的笑容打電話。

「那我就先走了，今天謝謝啦。」

我簡短地打完招呼離開，以免影響她打電話。芭芭拉夫人笑著向我揮手。

我懶得撐傘，盡可能走在大樹下。八幡宮西側有一片像太古時代森林般的區域，我靈機一動，走進了近代美術館的大門。那裡是躲雨的好地方。

參觀完展示品，我去咖啡室點了檸檬汁。煙雨濛濛的蓮池出現在敞開的窗戶外。每次來這裡，都覺得自己好像闖入了迷宮深處，分不清楚目前活在哪一個時代。

檸檬汁非常酸又非常甜，但不喝完太浪費了；結果，我邊欣賞著水池，邊把它全都喝完了。除了我以外，沒有其他客人。一整面牆的壁畫、懷舊的蕾絲窗簾和橘色的椅子，都靜靜豎耳細聽我的心聲。

這時，我發現體內有種蠢動的感覺。

起初還以爲想上廁所，但感覺不一樣。有動靜的並不是我的肚子，而是我的心，就像一顆小種子冒出了柔軟的芽，輕輕推動了我的心房。

些微的徵兆漸漸變成了明確的胎動。一直排不出來，令我痛苦不已的東西，如今突然尋求出口。

我想要寫。必須趕快釋放。馬上、就在這裡。那種感覺就像突然要生孩子。

清太郎先生父親的字想掙脫我的手指。那的確就像陣痛。我不想錯過這種徵兆。必須趕快握筆。

我慌忙打開背包，結果竟然沒帶紙筆。爲什麼偏偏這種時候沒有紙筆？眞是笨死了。我這個代筆人太失職了。但是，現在沒時間反省。眼前的當務之急，就是要趕快寫下來。

「打擾一下！」

我大聲叫著在吧檯內清洗杯子的店員。

「可不可以跟你借紙筆？只要能寫就好。」

店員可能被我緊張的樣子嚇到了，一臉錯愕的表情。

「只有這個。」

店員不知所措地從圍裙口袋裡拿出原子筆遞到我面前。

「至於紙，只有爲客人點餐時用的回收紙……」

店員說話時，一臉歉意地看著我。

「那種紙就好，可以給我嗎？」

我著急不已，很怕在交談時，清太郎先生父親的字會再度陷入沉睡。

「如果這些可以用的話，還有很多，需要的話再告訴我。」

我從店員手上接過原子紙和那疊紙，道了謝，立刻回到自己的桌子。平靜心情後，輕輕拿起原子筆。那是我用左手寫的情書。

親愛的小千：

我正在欣賞很美的景色，
可以在這裡清楚地看到海。
我已經從地球人生畢業了，
所以，當我們下次再見面時，
要不要每天享青春，盡情地戀愛？
小千，我喜歡妳的笑容。
在下次見面之前，妳要多保重。

全世界最愛小千的男人

「這完全就是我爸的字。」

清太郎先生看了信之後，用力點了兩、三次頭，看著我的眼睛說道。我也漸漸有了強烈的自信，認爲也是如此。清太郎先生的父親所寫的字，一定就是這樣的字。

「走球人生」是清太郎先生的父親以前自創的詞彙。他認爲地球就像一顆大橡皮球，自己的人生就像自由地走在這顆球上。也許他是用幽默的方式形容自己在世界各地忙碌奔波的人生吧。

我把爲客人點餐使用的冰冷回收紙貼在手工製作的底紙上，除了文字周圍用壓花點綴，紙面也都貼滿了壓花，貼上薄透的和紙後，再塗臘。

之前曾聽清太郎先生說，他的母親很愛花，在橫濱的家裡種了很多花。

這是一封從天堂寄來的信。把天堂想像成美麗的花田，是不是太單純了？但我覺得，如果清太郎先生的父親眞的從天堂寄信給他的母親，一定也會這麼做。

「這是我爸的字。」

清太郎先生默默注視那封信片刻，再度小聲喃喃說道。

「但是，妳從哪裡找到這麼多四季的鮮花？」

清太郎先生輕輕撫摸著表面的壓花問道。壓花貼了好幾層，其中還有四葉幸運草。

「這個部分可能最辛苦。」

我據實以告。起初，我打算把在近代美術館的咖啡室所寫的內容影印在古董明信片上，但如此一來，雖然能夠留下原子筆的筆跡，卻無法呈現筆壓，也就失去了身臨其境的那種感覺，所以最後決定直接使用原來那張紙。

「如果是春天或是夏天，到處繁花盛開，根本不必傷腦筋。」

不巧的是，目前正值隆冬。雖然鎌倉已經有一些梅花綻放，但只用梅花太單調了。

「玫瑰、紫羅蘭、水仙、繡球花，還有這種紅色的小果實是草珊瑚嗎？我對植物不是很熟。」

如果是大型的花朵，就用鑷子摘取花瓣。如果是小花，就直接將綻放的花朵貼上去。除了花和花瓣以外，還加入了樹葉和果實。

「這好像是大花四照花的果實。」

在寫完那封信的幾天後，我去田樂辻子之路散步，想尋找花朵，正好遇到帶學生進行課外教學的胖蒂。我簡單告訴她我正在找的東西，沒想到當天放學後，她就帶了學生去年做的植物採集筆記來找我。她說這些筆記已經用不上了，她正打算丟棄，所以我可以盡情使用。這就是所謂的「及時雨」。

「這樣裝飾後，看起來就像珠寶盒一樣。」

清太郎先生有點靦腆地說。五彩繽紛的花瓣看起來的確很像寶石。

「它們應該還有生命吧。」

清太郎先生看著我的眼睛，向我確認。

即使已經離開了地面，即使不再行光合作用，這些花仍然有生命。死亡的同時，或許也代表了永生的意思。我在進行作業時，也一直在思考這個問題。

「和我爸一樣。」

沉靜片刻後，清太郎先生嘀咕著。

清太郎先生說，母親收到來自天堂的情書後，發自內心感到高興。之後似乎領悟了什麼，不再吵著要回家。得知她一直把那封信抱在胸前當成護身符，我也鬆了一口氣。然後，她靜靜地離開了。走得很安詳。

「一切都是拜那封信所賜。」

清太郎先生在完成母親的頭七後，特地來山茶花文具店告訴我這件事。那是我把信交給他不久後發生的事。我有點擔心，是否因爲我的代筆，讓他母親提前啓程，但這種擔心似乎是多餘的。

「我媽應該終於放心了。」

清太郎先生露出平靜的表情。

「在那之前，她整天露出可怕的樣子，好像很生氣。但是，收到那封信的瞬間，她終於露出了久違的笑容。光是這樣，我和我姊姊就……」

清太郎先生說到這裡，慌忙從口袋裡拿出手帕。我悄悄站了起來，去後頭泡了熱可可。雖然春天的腳步已近，但鎌倉仍然寒冷徹骨。

「請喝吧。」

我在馬克杯裡泡了熱騰騰的可可，端了出去，發現清太郎先生挺直身體坐在那裡。

「我媽帶著我爸寫給她的所有信件去了天堂。」

「是嗎？」

那麼多信件，一定把棺材都塞滿了。

「好棒喔。」

如果可以，我希望自己也能夠帶著滿滿的情書上天堂。我和清太郎先生面對面，靜靜地喝著熱可可，心裡想著這些事。

在舉行書信供養儀式的幾天前，我正在用刷子刷洗刻著「文塚」的石碑。

「昵、好。」

一名陌生的年輕人突然出現在身後，他的日文說得很不輪轉。風信子的嫩芽彷彿海豹般，從地面微微探出頭。

「窩是從、義大利來的安紐羅。嬤嬤讓我、帶信來。慶妳叫我、紐羅。」

紐羅說話的聲調很奇怪，好像在陡坡衝上衝下似的。然後，他向我伸出右手。

「很高興認識妳。」

紐羅的一雙眼睛就像聖誕樹樹尖上的銀色星星般閃閃發亮。看來不像是壞人。

「昵有時間嗎？要不要、進去喝杯茶？」

我好像也感染了紐羅的聲調，說話變得有點奇怪。

「窩有很多、時間。明天、猴天都沒問題。」

「沒問題」這三個字的發音完美無缺。

我和紐羅一起走進山茶花文具店。

「我來泡茶。」

我請紐羅坐下，走到屋子後頭。雖然我還不了解情況，但紐羅的日文應該有辦法慢慢說清楚，而且他一定是有什麼特別的事，才會上門。

「不好意思，家裡只有京番茶。」

我把茶壺裡的茶水倒進杯子時，紐羅跟小狗一樣，用鼻子奮力嗅聞著。

「恨、香，像義大利、冬天的維道。」

近距離觀察後，發現紐羅的鼻子很挺，皮膚很細緻，臉頰好像剛出生不久的嬰兒。

「請喝。茶有點燙，小心點。」

雖然我不知道他比我年長或年幼，但如果使用複雜的敬語，他可能也聽不懂，所以乾脆省略多餘的話。他一臉微妙地喝著京番茶，也許覺得味道很奇怪吧。

我坐直身子後，紐羅便看向我，然後打開身上背包的拉鏈，慢慢從裡面拿出一只紙袋。令人驚訝的是，那個大背包有一大半都被那紙袋占據了。

「這是、昵的奧嬤、全部寫的。」

奧嬤？我完全聽不懂是什麼意思。

我滿腹狐疑。紐羅繼續向我解釋。

「窩的嬤嬤，日本人。窩的爸爸，義大利人。窩的嬤嬤，在義大利，和昵的奧嬤，**penfriend**。**penfriend** 的、日本話、怎麼說？」

紐羅只有說「**penfriend**」這個單字時捲著舌頭，說得很流暢。

但是，嬤嬤……他應該是想說「媽媽」，但聽他這麼說，忍不住想笑。

我想起紐羅的問題，慌忙回答：

「呃——你是說筆友嗎？」

我很沒自信地回答。

「對、對、對，筆友、筆友。這個日本話、太難了，窩、一直、記不住。」

紐羅說。雖然他覺得自己在說「筆友」，但我聽起來覺得像「壁友」。

「所以，我阿嬤和你媽媽是朋友嗎？」

我在提問時特地強調了「阿嬤」和「媽媽」的發音。我完全不知道上代有朋友嫁給義大利人。

「開始、不是、朋友，但是在壁友後，就變、朋友。嬤嬤、恨喜歡、昵奧嬤。」

「這樣啊，我完全不知道這件事。不知道她們有沒有見過面。」

紐羅似乎不太理解「見過面」的意思，皺起了眉頭。

我改用更簡單的方式問。紐羅陷入了思考，然後似乎恍然大悟，突然一口氣說道：

「妹有妹有妹有妹有，她們妹有、見過面。窩的嬤嬤、恨想見昵、奧嬤，想來、探病，但是，妹辦法來。因爲，窩爸爸的、嬤嬤、也生病，所以，不能從、義大利、去日本。爸爸的、嬤嬤，已經離開了。」

「是嗎？所以她們雖然沒見過面，但一直通信。」

「對、對、對、對，信上都寫、鳩子的事，所以，窩的嬤嬤、把信、還給昵。」

「騙人的吧？」

我脫口而出。

「窩、不是騙子。紐羅、不騙人。」

紐羅快哭出來的樣子。

「啊，對不起，我不是這個意思，只是有點難以置信。」

我連忙補充。

「昵看了、這些、就知道了，昵的奧嬤、恨好，恨愛昵。」

不可能有這種事，但是，淚水在不知不覺中湧上心頭。

「紐羅、要先走了，恨高興、見到昵。」

「啊？這麼快就走了嗎？那接下來要怎麼辦？」

「窩要、學習更多日本話，窩是、來留學的。」

雖然我不是問他這些，但紐羅落落大方地回答，所以我也沒有打斷他。

「謝謝你特地送來，歡迎你隨時來玩。下次我會帶你參觀鎌倉，如果有任何問題，歡迎隨時和我連絡。」

「謝謝昵，grazie。」

紐羅再度背起了背包，現在背包感覺變輕了很多。紐羅用生硬的動作連續鞠了幾次躬之後便離開了，桌子上放著上代寄給住在義大利的筆友的書信。

但是，我不想馬上看這些信。

也許是因爲害怕見到我所不認識的上代，所以，那些信仍然放在紙袋裡。

那紙袋是義大利超市的嗎？摸起來的感覺很樸實，上面印了蔬菜和水果的圖案。

直到那天傍晚，我才終於有了想看那些信的念頭。白天的時間在不知不覺變長了，山茶花文具店打烊的時間也更晚了。

春天的腳步漸近時，就會很想騎腳踏車。難道只有我這樣嗎？

我急忙關上店門，把裝了信的紙袋放在腳踏車前的籃子裡就出發了。面對上代，需要有相當的心理準備，我無法在家裡面對她，她不是我能夠輕易對付的對手。

這種時候，就要去「sahan」。

開在鐵軌旁的「sahan」就在車站附近，可以吃到女老闆親手製作的溫和料理，一旦賣完就打烊了。所以我用力踩著踏板，加快了速度。

我把腳踏車停在店門口，沿著狹窄的樓梯走上去。幸好還沒打烊，而且今天晚上供應的是白飯和味噌湯定食。這家餐廳隔週輪流供應麵包和白飯，我絕對是白飯派。

因爲覺得口渴，所以除了定食，我還點了啤酒。不知道爲什麼，每次來這家餐廳都覺得很安心。我接過鴨子形狀的牌子，在窗邊的吧檯座位坐了下來。坐在這個座位，鎌倉車站的月臺便能映入眼簾。

我喝了一口啤酒，讓啤酒緩緩流入喉嚨深處，然後把那個紙袋靜靜地拿到腿上。裡面眞的裝了很多信。不用說，每封信的收件地址都是義大利，還用紅色鉛筆寫上「air mail」，「ITALY」這幾個字則用藍色鉛筆框了起來。

信封並沒有用西式信封，而是選擇日式信封。雖然也有一些信封上頭有圖案或顏色，但大部分都是普通的白色雙層信封。年代久遠的信封已經變了色，弄髒的部分變成了一點一點的汙漬。

仔細想想，我從來沒有看過上代寫英文。不知道是否擔心寫錯，英文字的筆跡特別清晰。

等定食送上來的這段時間剛好可以看信。我隨手抽出一封，從信封裡取出信紙。

上代的聲音突然在耳邊響起。

Buongiorno!

我正在用大鍋子蒸地瓜囗

妳兒子的感冒是否已經痊癒?

妳先生和兒子同時感冒,

想必會很辛苦。

鎌倉目前仍然很冷囗,

前幾天,鳩子有生以來第一次吃了乳酪。

得知在義大利,小孩子從小就吃乳酪,

我家也馬上跟進了。

聽說乳酪對身體很好。

記得妳上次在信中提到的,

好像是藍黴乳酪中的戈貢佐拉乳酪?

雖然信裡提到，

「將大把戈貢佐拉乳酪放在剛煮好的白飯上，

淋上醬油，加上柴魚片後再吃」，

但我完全無法想像到底是什麼味道，

所以也想試試看，於是去超市買乳酪，

但我找了半天，並沒有找到戈貢佐拉乳酪⋯⋯

就先買了卡門貝爾乳酪嘗試，

沒有特殊的味道，非常好吃，

我打算以後讓鳩子慢慢熟悉乳酪的味道吧。

如果有朝一日，

能帶著鳩子一起去義大利，

和妳，還有妳的家人見面，

那就太令人高興了。

鳩子快回家了，

她每天回家都喊著肚子餓，

我打算把蒸好的地瓜加點奶油，

讓她當點心吃。

現在突然想到，也許不加奶油，

改用乳酪也不錯。

我記得冰箱裡還有剩下的卡門貝爾乳酪。

每次都寫一些無足輕重的事，

這次也囉囉唆唆寫了一大堆，

就此擱筆☒

希望妳自己多多保重。

PS

下次請務必教我，妳的拿手菜作法，

在義大利生活，每天都吃義大利麵嗎？

我是老派人，餐桌都變不出什麼花樣。

我抬起頭，和在車站月臺等下一班列車的女子四目相交。她的年紀看來和我相近。她似乎在對我微笑。還以爲是熟人，但仔細一看，自己並不認識她，卻仍微笑以對。

信裡的確是上代的字；句尾用☑代替語助詞，也是她特有的習慣。但是，這和我認識的她有著微妙的差異，只是我無法明確說出哪裡、有怎樣的不同，讓我焦急不已。

難以相信，上代竟然會在信裡用「PS」，因爲她曾耳提面命地告訴我，不可以用「PS」，一定要用「又及」；而且，我完全不記得以前曾在飯桌上吃過乳酪。從學校放學回家時，每次都吃剛蒸好的地瓜，這件事想忘也忘不了。

我發現信封背面用紅色原子筆寫的「No.」是這些信的編號。這不是上代寫的，應該是住在義大利的靜子女士後來才寫上去的。

有些信裡長篇大論地分享了上代對某本書的讀後感，有時候也會開導靜子女士。山茶花開了。很珍惜的茶碗打破了。大雨導致河川暴漲。有蛇爬進了庭院。有時聊一些家常事，有些信裡也提到爲壽司子姨婆的家庭環境感到擔心。

看到一半，定食送了上來，於是暫停讀信。我吃著蔥花白菜春捲，茫然地抬頭望著天空。紐羅說的沒錯，無論多輕鬆的信，無論多麼沉重的信，我都必不缺席。鳩子、小鳩、波波、孫女、自大的小女孩。雖然她用不同的方式稱呼我，但到處都有我的身影。

我拚命吃著眼前的菜，以免感情潰堤。來 sahan 果然是正確的。我把剩下的啤酒一口氣倒進喉嚨。吃完定食後，又繼續讀信。下一封信的內容，完全是關於我的。

靜子：生活真是充滿了艱難。
最近我切身體會到這一點。如果是母親，
或許會不一樣，但我和鳩子年齡
相距甚遠，能和她相處的時間也不多了。
也許我一直以為，如果是鳩子的話，
一定能夠體會，一定能夠回應我的期待，
用心始終抱著這種天真的想法。
我認為自己是在教導她，但她似乎
並不這麼認為。她哭著對我說，
叫我不要繼續剝奪她的人生。

雖然我原本以為一切都是為了她好，
但其實只是我的一廂情願……
然而，我現在不知道該怎麼和她相處。
我一直深信，嚴格管教就是愛她，
想到鳩子多年來因此受了不少委屈，
忍不住發自內心感到悲哀。
我和她之間，會有和解的一天嗎？
我現在甚至無法想像這種情況。
妳在那裡的生活已經安定了，
但和她一起去義大利，

卻變成了遙不可及的夢想……
對不起，這封信全都在寫這些東西，
但是，我只能和妳聊這些事。
今天，我真的覺得日子過得很痛苦，
但寫完這封信之後，心情稍微平靜了一些。
靜子，謝謝妳總是向我伸出援手，
我由衷地感謝妳。
下次寫信，我會寫一些開心的事，
輕鬆的事。

這一定是在我身處叛逆期時所寫的信。

不知道是否邊哭邊寫，有些地方的字跡被淚水模糊了，字跡也很潦草，簡直不像上代所寫的字。而且整封信很少換行，直式信紙上寫了滿滿的字。

結完帳，我走出餐廳。太陽已經下山，回家的路途是一路上坡。

我還恨上代嗎？所以即使她已經死了，我仍然流不下一滴眼淚？

說起來很奇怪，我至今仍不覺得她已離我遠去，總覺得只要轉過這個街角，她就會突然出現在我的面前。

回家後，我繼續看那些還沒有讀完的信。按照靜子女士編的編號順序來讀，果然就能很容易了解前後狀況。

後半部分幾乎都在談和我之間的衝突。

我從信裡感受到上代的年華漸漸老去。她似乎已經不在意字寫得漂不漂亮，所以字跡潦草，歪七扭八，有時甚至寫錯字。雖然她上了年紀之後，仍然沒有彎腰駝背的情形，但她的字的的確確老化了。

然後，我發現了一個事實，不禁感到愕然。

我從來不曾寫信給上代。她也永遠不可能再寫信給我了。

我看著第一百二十三封信。

這封信上的字格外寧靜而樸實。

静子：

這也許是我的最後一封信，
我正在醫院的病床上寫這封信。
說不定，我再也見不到鳩子了，
雖然明知道無法再見到她，
卻還是抱著一絲期待，
期待能聽到她的腳步聲。
我一直在欺騙鳩子，
是我奪走了她的母親。
不論是自己的女兒或是孫女，
我都無法建立良好的關係，
問題應該出在我的身上。

因為我不想孤單一人，
所以，把鳩子從女兒手中搶了過來。
當年，我女兒想帶著還是嬰兒的鳩子離開，
但我不讓她這麼做。
事實上，關於這家店，也是個漫天大謊。
我編了個故事，
說這是祖先世世代代傳承下來的代筆老店，
其實只是我自己開的文具店，
沒想到鳩子卻深信不疑。
這個家根本不可能有什麼值得傳承的歷史，
一切，全都是我杜撰的謊言和童話故事。
鳩子變得叛逆前，

我對這件事絲毫沒有罪惡感，
但我現在發自內心想向鳩子道歉；
然而她甚至不願意告訴我，
她現在到底在哪裡。
如果我身體還很健康，一定會找遍整個日本，
向她道歉，讓她擺脫束縛，讓她自由。
對不起，對妳說這些也無濟於事。
人生不如意事十之八九，
而我一事無成。
人生稍縱即逝，真的是轉眼瞬間。
靜子，希望妳盡情、充分享受自己的人生。
我來日已經無多，

如果一個月後，妳還沒有收到我的信，
代表我已經離開了這個世界。
靜子，妳是我獨一無二的好朋友，
妳的存在，不知救贖了我多少次，
難以相信我們至今不曾見過一面。
鳩子年幼時，我曾經夢想等她長大後，
要帶著她一起去義大利見見妳和妳的家人，
嚐嚐真正的義大利料理，
再逛逛一些小文具店；
但這個夢想將永遠只是夢想。
坦率並不是一件容易的事，
然而正因為在未曾謀面的妳面前，

我才更能坦誠地說出心裡話。

醫生要來巡房了，

我不知道該如何向妳傳達目前的心情，

總之，grazie，

謝謝妳這麼多年來的陪伴，

我將在遙遠的天際，

為妳們全家的幸福祈禱。

這封信，眞的成爲最後一封信。

我把用廉價原子筆寫的第一百二十三封信翻了過來，上代的筆跡留下了凹凸的痕跡，就像點字一樣。

我閉上眼睛，用手指讀著這些痕跡，從背面輕輕撫摸這些文字。我從來不曾這樣撫摸上代，即使接到連絡、得知她生病後，我也從沒去過醫院。我既不知道她的皮膚有多柔軟，也不知道她的骨骼有多堅硬。

那天晚上，我把上代寄給靜子女士的最後一封信放進被窩，抱著那封信入睡。因爲我覺得，比起在她的牌位前合掌，這樣更能近距離感受到上代。如果能像這樣，和上代睡在同一床被子裡，哪怕只有一次就好，我的人生、她的人生也許都會不一樣，然而，如今我只剩下上代寫給筆友的信。

昨天的天氣預報明明說今天會下小雨，沒想到是個晴朗的好天氣。今天是農曆二月三日，是書信供養的日子。

對我而言，這是相隔數年後第一次進行書信供養。一大清早，金黃色的美麗陽光便普照大地。

我像往常一樣燒了開水、泡了京番茶、用抹布擦地。之後在水桶裡裝了水，拿到後院。這一帶有很多都是木造房子，只要其中一幢房子起火，轉眼之間就會波及左鄰右舍。所以上代對我耳提面命，囑咐我在供養書信時，一定要先裝水以防萬一；焚燒書信時，也絕對不能離開。

幾天前才微微探頭的風信子嫩芽突然長高了，我換新了供在文塚前的水，蹲在文塚前合起雙手。

後院完全沒有整理。壽司子姨婆在店裡幫忙那陣子，曾在後院整地，種植蔬菜和花，但我回來之後，便完全沒有整理。夏天時長滿的雜草已經枯萎，簡直慘不忍睹。

這次客人寄來要進行供養的書信裝了四大箱。我把紙箱搬到緣廊附近，把裡面的信逐一取出，在庭院的角落堆成了小山。

首先，將明信片和信件分開；信件的話，要把信紙從信封裡拿出來，將信紙和信封分開放。至於貼在明信片和信封上的郵票，則小心地沿著周圍剪下，以免剪到齒孔。因為即使已經蓋上郵戳的郵票，日後仍然可以派上用場。

將日本和國外的郵票分開後，再捐給公益團體，這些團體會用於援助開發中國家。小時候，都由我負責用剪刀把郵票剪下來。

書信基本上都是紙張，但材質還是有微妙的差異，焚燒時的情況也不相同，所以在堆放時，要避免將相同的紙質堆在一起。雖然無法一概而論，但印了照片的明信片類，通常要花更多時間才能燒完。

為了能夠充分燃燒，我不時混入乾燥的落葉。堆到一定的高度後，先點了火，然後再繼續把紙箱內剩下的信件丟進去。

我記得上代會特地用打火石取火，但我不知道使用方法，也不知道打火石放在哪裡，所以就用普通的火柴點火。去年秋天，我受男爵之邀去原爲銀行的那家酒吧時，帶了這盒火柴回來。

我用火柴點燃捲起的報紙做爲火種，然後塞進信件小山裡，但無法順利點火，中途就滅了。

連續失敗了好幾次，太陽從後山探出臉，霧靄讓周圍的景色變得朦朧。不知道哪裡飄來了甜蜜的香氣，是山茶花開了嗎？

我想起上代生火時，曾用扇子搧風，於是從緣廊走進家裡，拿出扇子。

這次我卯足全力，用火柴把報紙點燃後，拿著前端呈Y字形的樹枝將火種塞進信堆裡，再調整小山的形狀，在火還沒熄滅前，用扇子用力搧。用一隻手搧的風量可能不足，所以我雙手各拿了一把扇子，拚命搧著風。

啪答啪答。啪答啪答。吵鬧的聲音在三月的早晨迴響著。

不知道是否因爲我用雙手搧風奏了效，信件小山開始慢慢冒出煙。報紙的火種似乎引燃了一部分信紙。煙霧持續升上天空。終於突破了第一道難關。

我坐在緣廊上看守，喝著京番茶喘息時——

「妳今天一大早就很賣力做事呢。」

芭芭拉夫人踮著腳，向庭院內張望。

「在燒落葉嗎？」

「嗯，差不多啦。」

即使告訴她是書信供養，她應該也聽不懂，所以我隨口應了一聲。

「好香啊，妳在烤地瓜嗎？」

芭芭拉夫人用力吸著鼻子。我從來沒想過，在進行書信供養的同時還可以烤地瓜；但燒落葉時，一定會順便烤地瓜。

「雖然現在沒有烤，但聽起來是好主意。」

我慢慢喝著茶回答，不知道哪裡傳來黃鶯的啼叫，但叫得不是很好聽。

「波波，我可以拜託妳一件事嗎？」

過了一會兒，芭芭拉夫人吞吞吐吐地問。

「什麼事？」

「我可以把家裡的年輪蛋糕放在那裡烤嗎？」

我沉默剎那後，很有精神地回答：

「當然可以啊！」

雖然美其名爲書信供養，但其實和燒落葉差不多。

「那還可以烤飯糰嗎？我還沒吃早餐。」

「可以啊，可以啊，不管妳喜歡什麼，統統拿過來。」

「哇，太開心了！這就是所謂的戶外活動吧？我一直很想試試，哪怕只有一次就好。波波，妳該不會也還沒吃早餐吧？」

芭芭拉夫人的聲音越來越開朗。

「是啊，今天我打算處理完這個再吃早餐。」

「既然這樣，機會難得，我們要不要用燒落葉的火來做早餐？」

「好主意。我想，只要用鋁箔紙包起來，應該什麼都沒問題。」

「好，那我現在就把家裡所有東西都拿過去。託妳的福，今天又是一個特別的日子，太謝謝妳了。」

「彼此彼此。」

我回頭對她說話時，她已經不見了。

書信小山冒著火，書信供養很順利。

芭芭拉夫人半途把各式各樣的食材放進火裡，簡直變成了篝火料理的實驗場。飯糰、年輪蛋糕、馬鈴薯、卡門貝爾乳酪、炸魚漿片、法國麵包。卡門貝爾乳酪簡直是絕品。

不知道是巧合，還是放在篝火中烤的時間恰到好處，乳酪外側的皮變得柔軟，裡面則變成濃稠狀。我們或是用法國麵包沾取濃稠的部分，或是淋在飯糰上，最出乎意料的是，和炸魚漿片是絕妙搭配。

「這簡直是完美的組合。」

芭芭拉夫人用炸魚漿片沾取大量變得濃稠的乳酪，露出滿面笑容。

「眞想喝白酒。」

我隨口說道。

「和香檳應該也很合吧。」

芭芭拉夫人說完，突然露出嚴肅的表情說：「我家有一瓶別人在去年聖誕節送我的香檳，波波，妳要不要喝？」

「啊？現在嗎？」

「偶爾奢侈一下有什麼關係，而且是半瓶裝[12]的。」

沒想到轉眼間就變成了這樣。當我回過神時，芭芭拉夫人已拿著半瓶裝的酒瓶出現在我面前，但我也準備好兩只酒杯等她。芭芭拉夫人的加入，讓書信供養儀式也變得熱鬧起來。

打開瓶塞時，發出「啵」的響亮聲音。

「這不是粉紅香檳嗎？這麼好的香檳，和我一起喝沒關係嗎？」

「正因爲是和妳，所以才想要喝啊。」

美麗的粉紅色香檳在杯子中發出閃亮的微光。

「乾杯。」

「祝今天也能過得幸福。」

在朝陽下，而且在戶外喝香檳的感覺很特別。

「啊，眞好喝。」

「活著眞好。」

芭芭拉夫人誇張地說著。

我不時加入書信，讓火持續燃燒。

火很奇妙，無論看多久都不會膩。數千、數萬、數億句話語被火包圍，升上了天空。我吃著溫熱的年輪蛋糕，怔怔地看著這一幕。

當我把留在杯底的最後一口香檳喝完時，芭芭拉夫人靜靜地問我：

「波波，妳在燒信嗎？」

我以前從來沒跟她提過書信供養的儀式。

「是啊，我在燒信。」

「全都是別人寫給妳的信嗎？」

12 意指容量只有標準瓶七五〇毫升的一半——三七五毫升的小瓶裝葡萄酒。

「怎麼可能？我只是代替別人做這件事而已。」

這一次，我沒有把上代寄給住在義大利的筆友靜子女士、經過一番波折再送到我手上的一百二十三封信放進去。我猶豫了很久，覺得暫時還想留在身邊，所以又放回了義大利的紙袋。

「原來是這樣啊，我還以爲妳在燒寫給妳的信，還覺得妳眞受歡迎。」

「怎麼可能？我怎麼可能會收到那麼多信？又不是偶像明星。」

「妳別謙虛了，妳就是鎌倉的偶像啊。」

我摸不透這句話的意思，閉上了嘴。

面對火，即使不說話，也不會感到焦急；相反的，可以豎起耳朵聽見對方的心聲。

黃鶯又啼叫了。

呵——喀、喀喀喀、喀、喀。

那個聲音，聽起來好像在說落語。

黃鶯叫得太不好聽了，我忍不住笑了起來。

「決定了。我可以再放東西進去嗎？」

「妳是說信嗎？」

「對。」

芭芭拉夫人像少女般點了點頭，輕輕起身走回自己家裡。如果我沒看錯，芭芭拉夫人的眼裡泛著淚光。雖然可能是眼睛被煙燻出淚來，但我覺得她剛才哭了。

在等待芭芭女士的這段時間，我突然有種似曾相識的奇妙感覺。沒錯，是卡門貝爾乳酪的關係。上代在寫給靜子女士的信中，曾提到卡門貝爾乳酪，所以才會和眼前的景象重疊在一起。

雖然我無法善待有血緣關係的上代，卻能和剛好住在隔壁的芭芭拉夫人有說有笑地一起吃著卡門貝爾乳酪。上代也一樣，她能對從來不曾謀面的筆友坦誠地吐露眞心。這個世界也許就是這麼一回事。只要有緣分的人互相協助、彼此扶持，即使與有血緣關係的家人關係不睦，也能獲得他人的支持。

「就是這個。」

過了一會兒，芭芭拉夫人拿了一封信回來。她雙手小心翼翼地捧著一只淡茶色的信封。

「我一直珍藏著這封信，但我覺得差不多該讓它自由了。因爲我相信，這應該是世界上最悲傷、最不幸的信。」

「眞的沒問題嗎？」

「沒問題，我剛才已經決定了。」

芭芭拉夫人把信交給我時，有那麼一下子，我看到了裡面的東西。信封裡有一張信紙和像是頭髮的東西。

「好吧，我會充滿眞心誠意地供養這封信。」

「謝謝妳。」

芭芭拉夫人珍藏的這封信，在轉眼間化爲灰燼，簡直就像在期待這一刻似的。

「啊，心情終於輕鬆了。這件事一直卡在這裡。」

芭芭拉夫人說著，把手掌輕輕放在胸口。

「芭芭拉夫人，在目前爲止的人生中，妳覺得自己什麼時候最幸福？」

我突然想問她這個問題。

「當然是現在！」

她的回答果然和我想像中一樣。

「是啊，現在最幸福。」

我並不是在模仿芭芭拉夫人，而是發自內心地感到幸福。

芭芭拉夫人成爲我的鄰居這件事，也許具有某種特殊的意義，並非因爲偶然。而且，說不定是上代在天堂操作著肉眼看不到的線，才讓我能和芭芭拉夫人成爲朋友。

我無法爲上代做的事，遠超過了我曾爲她做的事。

但是，現在還不至於爲時太晚。

芭芭拉夫人前後晃著雙腳，吃著卡門貝爾乳酪。

春

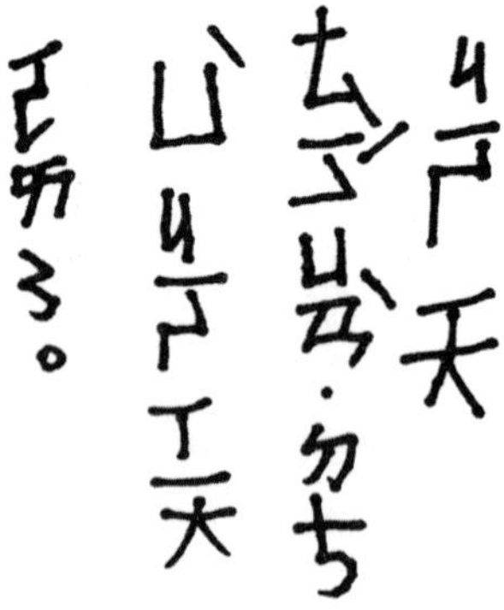

我發現信箱中有一封信。因爲沒有貼郵票，所以是直接送上門的。即使不需要確認寄件人的名字，我也立刻知道是誰。是QP妹妹。用色紙背面做的手工信封上，用色彩繽紛的色鉛筆，以注音寫了我的名字「ㄍㄟㄅㄛㄅㄛ」。但旁邊卻用比收件人名字更引人注目的字寫了「ㄑㄧㄣㄓㄢ」兩個字。但是，「ㄛ」和「ㄑ」都寫反了。QP妹妹是最近搬到附近的五歲小女孩，她簡直是寫鏡像字的高手。

我站在原地，迫不及待地撕開貼紙。信封深處飄出甜甜的香氣，巧克力包裝紙上寫著很大的字。

背面用紅色和綠色麥克筆畫滿了鬱金香，和用注音寫的「今天庭院的鬱金香開了」相互呼應。這封信讓人想一看再看，每看一次，就覺得心裡也綻滿了鬱金香。

雖然我不太了解詳細的情況，但QP妹妹沒有媽媽，而她的父親獨自經營一家咖啡店。

星期六下午，我在散步途中路過咖啡店，就走進去吃了午餐。咖啡店才剛開張不久，店裡只有我一個客人。年幼的QP妹妹在店裡幫忙。

雖然叫她QP妹妹，但這當然不是她的本名。

只是，不但她父親叫她QP妹妹，她也自稱「QP妹妹」，在信末也署了QP的名字，只不過完全寫反。我能猜到她爲什麼會有這個暱稱，因爲她的外表和QP娃娃簡直一模一樣。

這是QP妹妹寄給我的第三封信，我當然都保留了下來。

因爲太高興了，所以下午在山茶花文具店內顧店的同時，立刻給她寫了回信。

我使用了郵簡。這是將信封和信紙連成一體的出色信函，費用也很便宜，可惜很少有人使用。正式名稱好像叫郵政信簡。市售的郵簡上已經印了郵票。

首先，我在信封上寫了QP妹妹的地址和姓名。

QP住在咖啡店二樓。鎌倉有不少店家都是將住家的一部分做爲店面，將生活和生意結合在一起，山茶花文具店也是如此。也許是因爲這個原因，所以鎌倉整體散發出悠閒的感覺。

我也模仿QP，在她的名字後寫了「親展」二字。

QP到底從哪裡學會代表「由收信者親自拆閱」的「親展」這兩個字呢？因爲她之前寫給我的信中，也用注音符號寫了「親展」。或許她很喜歡這兩個字。

爲了讓QP妹妹能讀懂，我在「親展」這兩個字上標了注音。寫完後，把紙翻了過來。

首先，我用七色蠟筆在信紙中央畫上了大大的彩虹。寫信給QP時，總是想使用繽紛的色彩。畫完後，在空白處寫上文字，這是模仿在詩籤或簽名板上，將詩歌的語句分散書寫的方式。

給我最喜歡的QP妹妹：
收到妹妹的信了，非常感謝。
而且我真的很開心。
QP妹妹畫的鬱金香
太可愛了—

好像馬上就要去讀
幼兒園了。
希望妹妹能在
幼兒園交到
好朋友。

下次要不要
來我家玩呢？

如果
我們可以一起
讀繪本或
一起畫畫，
一定會很開心。

該天，
我會再去吃
好爸爸做的料理。
好想趕快看到妹。

現在早晚都還很冷，
好要小心，
別感冒了。

波波

寫給QP的信，像極了情書。我做夢也沒有想到自己能結交到筆友，所以真的很高興。這件事，讓我覺得在心情上與上代靠近了一步。

郵簡摺疊兩次後，剛好就是信封的寬度。我在三個地方黏上黏膠，看起來就像普通的信封。

用黏膠黏完其中兩邊後，突然想到一件事，停下了手。郵簡裡可以同時夾寄薄質的物品。

我東張西望，看看有沒有什麼東西可以同時寄給她，看到了動物圖案的可愛貼紙。把貼紙放進去秤了一下，雖然很接近，但幸好沒超過二十五公克。

封好後，又補貼了兩圓郵票。以前郵簡的郵資只要六十圓，但消費稅調漲後，必須再補貼郵票才行。

文具店打烊後，我將郵簡投進了離家最近的郵筒。雖然我不會把工作上的信投進這個郵筒，但這是私人的信，所以讓這封信慢慢旅行也不錯。每次看到這個郵筒，我都會情不自禁地想起胖蒂那天的樣子。胖蒂那天渾身淋得像落湯雞，一臉不知所措，如今她已經成爲我的重要朋友之一。

把信投進投信口的瞬間，聽到了輕輕的「喀沙」聲。

一路順風。

簡直就像送自己的分身出門旅行似的。

等待回信的時光也很快樂。

希望這封信能送到QP妹妹手上。

幾天後的某個早晨，聽到芭芭拉夫人的聲音。

「波波，妳家有沒有煉乳？」

這幾天突然有了春天的味道，麻雀在窗外熱鬧地談笑。

「別人送了我好吃的草莓，但我家的煉乳用完了。」

「請等一下，我去看看。」

我連忙起身在冰箱內翻找。

「找到了！我這就拿過去。」

「謝謝，那我也會準備草莓做爲回禮。」

隨著春天的來臨，鄰居之間聊天也方便多了。從高空看下來，會覺得我們好像住在同一個屋簷下。

幾分鐘後，我們隔著圍籬交換了煉乳和草莓。

「波波，妳不在草莓上加煉乳嗎？」

「我喜歡把草莓壓碎後，加牛奶和蜂蜜一起吃。」

「是嗎？那我就不客氣，拿去用囉。」

「請用，請用。」

我不記得自己曾經買過煉乳，一定是壽司子姨婆生前買的。我小時候，煉乳不像現在是管狀的，而是裝在罐頭裡，要用開罐器在上面打兩個洞，再把煉乳從裡面倒出來。雖然上代說甜食會蛀牙，所以不許我吃，但並沒有連煉乳也禁止。

當罐頭裡的煉乳所剩不多時，上代就會把罐頭打開，然後直接放在火爐上。過了一會兒，當煉乳變成咖啡色，奶油糖就做好了。我最喜歡吃這種奶油糖。

突然想起這件事，讓我的眼淚差一點流下來。我和上代之間，也曾有過像奶油糖這樣甜蜜而愉快的回憶，只是這樣的回憶並不多。

一大早就吃了多汁的草莓，為春天終於來臨感到雀躍，但下午就有客人上門委託出人意料的書信。

對方竟然委託我寫絕交信。

「所以，妳打算和對方絕交嗎？」

「就是這樣。」

雖然委託的內容很聳動，但匿名小姐說話的語氣十分輕描淡寫。基本上，我會請客人先寫下姓名和連絡方式，不過這位客人委婉地拒絕了，所以，我只能稱她為匿名小姐。

「如果可以，我希望明天就可以拿到。雖然我很想用自己的血寫一封詛咒信，但這樣手指會很痛，而且那個女人不值得我這麼做。我不想和她再有任何關係。」

她說話時的表情，並不像是累積了多年的怨氣；不如說，眼前的匿名小姐反而顯得一派輕鬆。

「妳們以前是朋友嗎？」

我觀察著匿名小姐，隨口問道。如果不了解任何情況，當然無法寫絕交信。

但我內心很猶豫，覺得是否該拒絕這個案子。代筆工作是為了協助他人得到幸福，這是我身為代筆人的矜持。更何況，有必要寫傷害對方的信嗎？

然而，工作就是工作。

從另一個角度思考，代筆人這份工作並不是做義工，眼前這位匿名小姐是客人，只要她高興，那又何妨呢？兩種完全相反的想法在內心天人交戰，發出喀嘰喀嘰的聲音。

「她曾是我最好的朋友，別人都說我們是姊妹，但現在不一樣了，我再也不想看到那個女人。光是想到她，我就渾身不舒服。」

匿名小姐加強了語氣。

一朵櫻花在茶杯中舒服地搖晃。如果是上代，遇到這種情況時會怎麼處理？既覺得她會說一番大道理，然後斷然拒絕；又覺得她會二話不說地答應，然後淡淡地寫這封絕交信。我舉棋不定，繼續提問：

「妳們以前曾經一起去旅行嗎？」

匿名小姐的表情立刻亮了起來。

「我們一起去過很多國家。不瞞妳說，和她一起去旅行，比跟我老公一起去開心好幾千倍。但那個女人是狐狸精。她騙了我。我絕對絕對無法原諒她。所以這輩子都不想再和她有任何往來，也不想再見到她，更不希望她和我連絡。從今往後，我只想安靜過日子。」

匿名小姐的意志堅定不移。產生動搖的，反而是我。

「把這樣的信寄給她，妳眞的不會後悔嗎？沒問題嗎？」

因爲，一言既出，駟馬難追。一旦對方看了信，就再也回不去了。

「沒問題，雖然都這個年紀了，說要和別人絕交什麼的，聽起來跟小孩子沒兩樣，但成年人的世界裡也有這種事。長大成人後，什麼事最輕鬆？就是不需要再和不想往來的人繼續來往，不是嗎？男人遇到這種事都會不乾不脆，但女人很自由，可以自己選擇朋友。勉強和討厭的對象當朋友，只會讓自己更有壓力，彼此都很累。我不想做這種事，因爲我是大人。」

她這番話不無道理。

「但就算妳不喜歡對方，如果對方還喜歡妳的話怎麼辦？」

「妳是說單相思嗎？單相思當然不可能修成正果。因爲單相思啊，只要其中一方不願意，早晚會出問題，搞得雙方都很痛苦，所以，如果不是雙方都你情我願，絕對不能交往。」

匿名小姐斬釘截鐵地說完，更加強了語氣：

「在未來的人生中，我不希望再欺騙自己了。

「我認爲謊言有兩種，一種是欺騙自己，另一種是欺騙他人。那個女人一輩子都在欺騙自己。我無法原諒這種事。如果她討厭我，大可明白告訴我這件事。既然如此，那就不如由我用裁縫剪來剪斷緣分吧。」

「裁縫剪嗎？」

「對，沒錯，剪斷的時候，還不肯死心是不行的。如果藕斷絲連，那就失去了意義。因爲斷得乾脆，可以減少雙方的痛苦。由我親手剪斷不公平，所以來尋求妳這個第三者的協助。妳不是職業代筆人嗎？」

聽了匿名小姐這番話，我覺得自己應該接下這個案子。

「不瞞妳說，其實我很猶豫，不知道自己有沒有資格寫這麼重要的信，但是，現在覺得必須由我來寫。妳對這封信，有沒有什麼要求？」

一旦決定要寫，接下來就只剩下嚴肅地完成這份工作。

我是靠代筆爲生的。上代在寫信給義大利的靜子女士時提到，不想再束縛我，希望我獲得自由。代代相傳的代筆家業這件事或許並不是事實，但我出生在代筆之家這件事千眞萬確。我身上流著代筆人的血。

「總之，我希望明確告訴對方，我的決心永生永世都不會改變。不過，妳願意幫我寫，眞是太好了。不瞞妳說，這裡已經是我找的第五家了。之前那幾家，只要我一提到『絕交信』幾個字，就立刻把我趕出門外。妳願意聽我說，我已經很感激了，謝謝妳。」

匿名小姐鄭重其事地向我鞠躬。起初我覺得她只是普通的大嬸，但聊了一陣子後，逐漸對她改觀。只要睜一隻眼，閉一隻眼，應該還是可以繼續維持和對方之間的關係，但匿名小姐並不願意這麼做。

她或許認爲，繼續虛情假意地和對方當朋友，對雙方都沒有好處。同時，這也代表她們曾經關係密切，只能藉由絕交的方式斷絕關係。一輩子能夠遇到一、兩個這樣的朋友，就是一種奇蹟。

「請妳用力砍下斧頭。」

匿名小姐笑著說。

「不是裁縫剪，而是斧頭嗎？」

「對啊，否則無法斬斷我和她之間的關係。」

「我會努力的！」

匿名小姐起身時，向我伸出右手。仔細想想，發現這還是我第一次在這種情況下和客人握手。匿名小姐出乎意料地用力握著我的手。我在內心發誓，既然接下了這份工作，就要寫出最棒的絕交信。

匿名小姐寫下收件人的地址和姓名後，離開了山茶花文具店。信封上的寄件人署名，她希望用「前姊姊　寄」。她嫣然一笑時，兩側的臉頰上露出兩個酒窩。她是一位很有魅力的人。

話說回來，這次要寫絕交信。之前曾受男爵委託，寫了一封拒絕對方借錢的信，但是，這兩者根本無法相提並論。因爲這次要徹底斷絕關係。

送匿名小姐離開、去後頭洗杯子時，後悔的念頭在我心裡萌芽。

現在回想起來，簡直就像魔法。我中了匿名小姐話術的魔法，才會答應接下這個案子。我有一種不祥的預感，萬一再度陷入瓶頸……我再也不想經歷上次的痛苦。

我很受不了自己，竟然輕易接下這個棘手的案子，我爲什麼這麼蠢？簡直是自掘墳墓。匿名小姐要求在明天前把絕交信投進郵筒。

平時門可羅雀的山茶花文具店，客人偏偏在這種時候絡繹不絕，簡直就是噩夢。向來保持沉默的黑色電話也響個不停，宅配業者紛紛上門。

直到天色漸暗，才終於有了喘息的機會。一看時間，已經過五點半了。太陽下山的時間越來越晚了。

我來到店門外，正準備打烊，背後傳來腳踏車停下的聲音。回頭一看，QP妹妹的爸爸在那裡。腳踏車的籃子裡裝滿了蔬菜，QP妹妹頭戴安全帽，坐在後方的兒童座椅上。她似乎睡著了。

「妳好，她堅持要來送這個，所以我們就繞過來了，沒想到被妳發現了。」

QP妹妹的爸爸從夾克口袋裡拿出信封。

「謝謝你每次專程送來。」

「她吵著說要自己投進信箱，但現在睡著了。」

QP妹妹的爸爸戳著她的臉頰說。

「她睡得這麼香，不要吵醒她。」

QP妹妹一臉滿足的表情，不知道是否做了什麼開心的夢。

「她很喜歡和妳通信，但這麼頻繁寫信，會不會造成妳的困擾？妳不必勉強寫回信給她。」

QP妹妹的爸爸誠惶誠恐地壓低聲音說。

「沒這回事，能和QP妹妹成爲筆友，我每天都很開心。眞的很感謝你每次都專程送來。」

QP妹妹的爸爸很像一位偶爾會在電視或電影中當配角的男演員。

「那就改天見囉。」

一個男人獨自照顧孩子應該很辛苦，不知道他太太怎麼了？只是，我們之間並不是可以打聽這種隱私的關係。

QP妹妹的爸爸把腳踏車騎上坡道，我輕輕對著他們遠去的背影揮手。抬頭一看，月亮掛在昏暗的天空中，月亮的形狀就像是熟睡的QP妹妹閉上的眼簾。

我迫不及待當場拆開了信，欣喜地發現她用了我上次送她的貓熊貼紙。含在嘴裡怕化了，捧在手上怕摔了。這句話一定是用來形容像QP妹妹這樣的人。

但是，我現在沒時間摸魚。

我要寫絕交信。明天之前，無論如何都必須寫好絕交信，不可能對客人說「實在太難了，我寫不出來」這種話，否則根本沒資格成為代筆人。一旦接下了工作，不管需要滿地爬還是倒立，即使是吐血，都必須完成。

看完QP妹妹的信，我走進家門，上好了鎖。

今天店裡很忙，甚至沒能好好吃午餐。仔細想了想，才發現早晨吃了芭芭拉夫人送我的草莓之後，就沒有再吃任何東西。

如果是平時，我會拿著皮夾出門，但今晚惦記著絕交信的事，不想出門覓食。只不過，肚子空空，沒辦法認眞工作。

家裡一定有東西可以吃。我在廚房的櫃子裡翻找。如果記得沒錯，應該有袋裝泡麵。順利找到後，我用單柄鍋燒了開水。冰箱裡還有雞蛋，只可惜沒有蔥。我想在麵裡加一些佐料，突然想到上代在後院的某個地方種了鴨兒芹。

加了蛋花、撒上鴨兒芹的泡麵味道出乎意料地有一種高級感，大概是最後滴了幾滴辣油發揮了畫龍點睛的作用吧。因爲肚子很餓，我連湯都喝得精光。

我想喝杯咖啡醒腦，但家裡沒咖啡，只好泡了偏濃的綠茶。眼前的當務之急只有一件事。我很清楚，只是靜不下心來。我不但洗了鍋子和碗筷，還刷了完全不需要現在清理的流理檯。

這份委託的紙張很重要。這是和對方斷絕關係的信，所以必須寫在無法輕易撕破的堅固紙張上。爲了傳達匿名小姐的決心，最好挑選連火也燒不掉的紙。

只有羊皮紙符合這個條件。羊皮紙雖稱爲「紙」，卻和用植物纖維製造的紙張不同，是以動物皮做成薄片狀的物品。雖然一般認爲是用羊皮製作的，其實除了綿羊皮以外，還會使用山羊皮、小牛皮、鹿皮和豬皮等綿羊以外的動物皮，其中以剛出生便死亡的小牛牛皮所製作的羊皮紙最爲頂級。公元前就有使用羊皮紙的紀錄，而且在紙張出現前，使用的區域以歐洲爲主，多用於宗教書籍和公文。

在羊皮紙上寫字時，需要使用蟲癭墨水——比較常見的名字叫鐵膽墨水。將寄生在植物上的蟲癭[13]磨碎後混入鐵屑，再用紅酒與醋進行防腐處理，重現中世紀所使用的墨水，最後再加入阿拉伯膠增加黏度。雖然剛寫完時看起來顏色較淺，但時間越久，顏色會越深。

這也是我第一次使用蟲癭墨水。鋼筆無法使用蟲癭墨水，必須準備羽毛筆。羽毛筆是將鵝的羽毛前端割開製成的，直到十八世紀後半設計出金屬鋼筆前的這一千年期間，都是人類的書寫工具。

桌子上放著羊皮紙、蟲癭墨水和羽毛筆，還有鉛筆。

一看時間，已經快十點了。如果不趕快寫就來不及了。我不可能直接寫在羊皮紙上，所以先用鉛筆在其他紙上打草稿。但我卻遲遲寫不出來。

我不自覺地用臼齒咬著鉛筆。嘴裡有一股鉛筆特有的、像是不甜的巧克力般冰冷的味道。我從小就這樣，想事情時習慣咬鉛筆。

腦子一片空白，突然很想看QP妹妹的信。QP妹妹的信和絕交信完全相反。今天收到的是第四封。我從第一封信開始，依次讀了每一封信。她的信都很短，而且只有四封，一下子就看完了。看完後，我又從第一封開始看。我完全不想面對現實。

話說回來，她的鏡像文字還寫得眞徹底。「庭」字的注音中，ㄥ變成向左開口；「香」字的注音中，ㄤ也寫得好像「大」。既然是鏡像文字，我突然想到，乾脆透過鏡子來看。

我拿著QP妹妹寫的信，走向盥洗室。打開燈，站在鏡子前，雙手拿著信放在胸前。

---

13 蟲癭是植物受蟲害或真菌刺激後，部分組織畸形發育而成的瘤狀物。可說是寄生生物生活的「房子」。

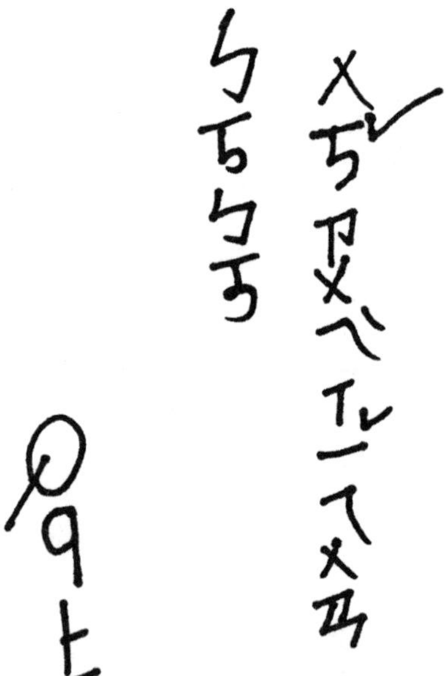

看著這封寫著「我最喜歡波波」的信，我突然靈光一閃。

對了！用這種方法就可以解決問題！

我從盥洗室衝出來，回到桌前，重新拿起鉛筆，試著用鏡像字寫下五十音習字歌。我練習了一次次，先是寫在影印紙上，練熟後，再用羽毛筆寫在羊皮紙上。羊皮紙珍貴且價昂，絕不能寫錯。目前山茶花文具店倉庫內所收藏的羊皮紙數量也很有限。羽毛筆的筆軸很細，很不穩定，老實說很難寫。但羊皮紙只能用羽毛筆來書寫。

在練習鏡像文字的同時，絕交信的內容也漸漸構思完成。

今天和匿名小姐聊過後，發現她的行爲之中隱含著深厚的愛，而她心裡則有兩種完全相反的情感彼此衝撞著。

她和打算絕交的朋友間存在著名爲友情的羈絆，讓她們緊密地結合在一起。如果不是由匿名小姐親手斬斷，這種關係就會基於惰性，拖拖拉拉地持續下去。我發現，這封絕交信不正是爲了讓對方獲得自由嗎？所以，我打算用鏡像字傳達這種違心的想法。

練習鏡像文字比想像中更耗費時間，時鐘已經指向深夜兩點多。上代常說，妖魔鬼怪會躲進晚上所寫的書信中；但就算果眞如此，我也只能聽天由命。更何況這是絕交信，也許帶有一點魔性才更剛好。

事到如今，我一定要寫封完美的絕交信。必須高舉斧頭用力砍下，才能眞的斬斷。

我右手拿著羽毛筆，輕輕放進蟲癭墨水罐裡。信的內容，已完全浮現在我的腦海。

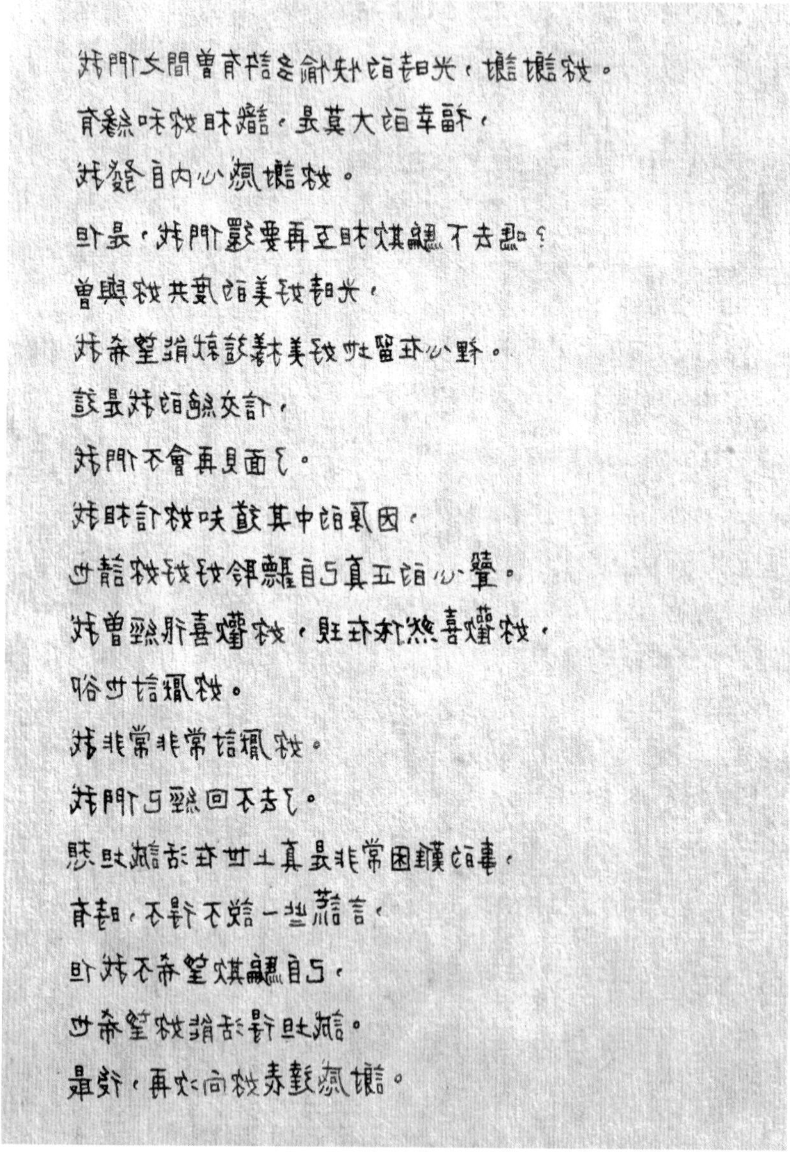
我們之間曾有許多愉快的時光，謝謝妳。
有緣和妳相識，是莫大的幸福，
我發自內心感謝妳。
但是，我們還要再互相欺騙下去嗎？
曾與妳共度的美好時光，
我希望能就這樣美好地留在心裡。
這是我的絕交信，
我們不會再見面了。
我相信妳知道其中的原因，
也請妳好好聆聽自己真正的心聲。
我曾經很喜歡妳，現在依然喜歡妳，
卻也討厭妳。
我非常非常討厭妳。
我們已經回不去了。
悲哀地活在世上真是非常困難的事，
有時，不得不說一些謊言，
但我不希望欺騙自己，
也希望妳能活得坦誠。
最後，再次向妳表達感謝。

寫完對方的名字後，我放下了羽毛筆。

羊皮紙上的文字顏色很淺，簡直就像被淚水稀釋般，但蟲癭墨水所含的鐵質遇到空氣會氧化，顏色也會漸漸加深。當變色達到顚峰後，就會慢慢變成沉穩的棕色文字。我認爲這完全表達了匿名小姐的心情。

低頭看自己的手指，發現剛才握著羽毛筆的右手中指被染得漆黑。先去沖澡，把手洗乾淨後上床睡一覺。這時，天已經快亮了。

隔天早晨，我輕輕拿起放在佛壇特等席的絕交信再度確認。

光是看到文字，內心深處就惴惴不安起來。很少有人寫這樣的信。收件人收到後，也許會感到有點毛毛的，但正因爲這樣，才能發揮絕交信的作用。匿名小姐違心的決定，只能用這種方式呈現。

當我站在鏡子前最後一次確認時，竟然在最後的最後，發現了那處失誤。我忍不住慘叫起來。芭芭拉夫人似乎聽到了我的慘叫聲。

「妳沒事吧？」

我似乎叫得太大聲了。

「我沒事。」

我告訴芭芭拉女士和自己。

倒數第四行的「有時」後面那個逗點沒寫成鏡像字。但其實不必緊張，在羊皮紙上寫錯時，可以用刀子把墨水刮掉，或用柳橙汁擦掉。

用刀刮可能會把羊皮紙刮破，所以我決定去便利商店買柳橙汁。我打算把逗點的方向改過來後，再把羊皮紙捲起、寄出去。

只要直徑不超過三公分，長度少於十四公分，捲成筒狀後，也可以做爲普通郵件寄出。外面用烘焙紙包起來，把收件人的姓名和住址寫在附有鐵絲的吊牌上，綁在其中一端，就不必擔心掉落。

我認爲自己盡了最大的努力。

但我做夢也沒有想到，剛完成一個案子，又有新的委託上門。

我去車站前的郵局寄了絕交信，打開店門才沒幾分鐘，一位穿著和服的女性走進山茶花文具店。因爲她興致勃勃地看著貨架，我還以爲她是來買文具的客人。沒想到過了一會兒，她語帶遲疑地對我說：

「我今天來這裡，是有事想要請妳幫忙。」

「妳也是？」

我忍不住驚叫起來。連續兩天有代筆案子上門，本身就是很難得一見的，而且這位和服美人竟然也委託我寫絕交信。

她也許是從匿名小姐那裡聽說，山茶花文具店願意代寫絕交信，所以才會上門。但既然匿名小姐匿了名，我也無法進一步追問，而且我發現她似乎和匿名小姐無關，只是兩個人剛好都在這兩天上門而已。說不定目前正流行絕交，只是我不知道而已。

「是寫給誰的絕交信？」

我看著和服美人問道。她的年紀大約三十出頭……嗎？大概是因爲穿著和服的關係，看起來比實際年齡穩重。

「對方是茶道老師。」

和服美人用略帶鼻音的性感聲音回答。

「我從高中時，就開始跟著這位老師學茶道，但老師常用很粗魯的言詞罵我。以前明明是很親切的老師，但從某個時候開始變得很奇怪，經常把『醜八怪』『笨手笨腳』『人渣』之類的詞掛在嘴上。原本我覺得，老師畢竟是老師，而且我也很喜歡上茶道課，所以一直忍耐，但是……」

不知道是否想起了不愉快的回憶，和服美人低下頭，用手帕輕輕擦拭眼角。

「某種程度來說，老師對我有敵意，我也無可奈何；但老師開始攻擊我的丈夫和兒子。一想到她可能危害我兒子，我晚上就睡不著覺……

「其實我很想搬離這裡，但考慮到我先生的工作和兒子學校的事，就很難如願。而且，我很喜歡鎌倉，很不願意爲了這個原因搬家。

「和朋友討論之後，朋友說，是不是我的態度有問題。面對這種人，必須用堅決的態度表示拒絕，不能讓對方覺得我很尊敬老師。」

聽到這裡，我語帶遲疑地問：

「那位茶道老師是男老師嗎？」

我以爲那位老師對和服美人產生了特別的感情，所以才會嫉妒她的家人。

「不是，是女老師。後來我不再去上課，休息了一段時間；但我不去上課後，她又一直傳訊息問我爲什麼不去上課。我眞的快被她逼瘋了。才這麼想，有時候她又突然寄很昂貴的禮物來家裡。

「所以，波波，拜託妳救救我！」

聽到和服美人最後一句話，我忍不住抬起頭。我們四目相接，互看著對方好幾秒。她的雙眼喚醒了我微弱的記憶。

「妳該不會是……小舞？」

「妳終於發現了！」

眼前的和服美人，也就是小舞歡呼起來。

「啊，妳眞的是小舞？」

「對啊，我是小舞。我很緊張，還以爲妳馬上會認出我，結果妳完全沒有發現，害我著急起來，擔心萬一在我離開之前，妳都沒有察覺的話該怎麼辦。」

「對不起。」

我發自內心感到驚訝，不知道接下來該說什麼。因爲她說話的態度太鎮定自若，我還以爲她比我年長。小舞是我國小同班同學。我念小學的時候很內向，又交不到朋友，是她主動和我當朋友的。

「我到現在還留著妳爲我寫的名牌。」

前一刻還溫柔婉約的和服美人，突然用親暱的語氣對我說話。

「什麼？名牌？」

「對啊，妳不記得了嗎？就是這個，妳不是爲班上所有同學都寫了名牌嗎？」

小舞說著，從手提包裡拿出了名牌。

「妳看，就是這個。」

上面用麥克筆寫著「小野寺舞」的名字。

「因爲我的字寫得很醜，連自己的名字也寫不好，所以妳幫我寫名字的時候，我超高興，也很希望自己可以寫出像妳一樣的字，才會一直保留著。」

「這已經是二十年前的事了吧？」

「是啊，但我很珍惜。」

小舞說完，小心翼翼地雙手把名牌捧在胸前。我記得小舞上國中後，就到橫濱的私立學校就讀。

「原來妳已經結婚，還生了孩子。」

雖然兩人同年，但我們的人生完全不同。

「我兒子已經讀小學了。」

「啊？不會吧？」

也就是說，即使我有個已經背著書包上小學的孩子也不足爲奇。

雖然不能辯稱因爲她的感覺和以前完全不一樣，所以認不出她來。但看到這位身穿和服的美女時，我做夢也不可能想到她是我的同學。

「所以，妳的絕交信是？」

我內心抱著一絲期待，以爲她是爲了嚇我編出來的故事。

「對啊，我就是來拜託妳這件事。上次開國小同學會的時候，大家剛好聊到妳，不知道聽誰說妳在這裡；剛好我又爲老師的事很煩惱，所以決定鼓起勇氣來跟妳商量。波波，妳家從以前不就是專門幫人寫信的嗎？」

沒錯，我也收到了同學會的通知，但因爲我有見不得人的過去，當然不可能參加，所以勾選「缺席」後，把通知寄了回去。

「好吧，絕交信就交給我來處理。」

我看著小舞的眼睛回答。國小時，小舞曾幫過我好幾次，這次輪到我回報她了。

話說回來，人眞的會變。小舞小時候很活潑調皮，經常把男生惹哭。沒想到那樣的女孩竟然變成了出色的和服美人。

「小舞，妳太厲害了，竟然在學茶道。」

小舞聽了我的話，嘿嘿嘿地笑了起來。

「不瞞妳說，其實我一直很羨慕妳。」

她有點害羞地向我坦承。

「啊？不會吧？我向來很陰沉，也很不起眼，而且沒什麼朋友，又不擅長跟別人來往，簡直糟透了。」

「這個嘛，的確有妳說的這一面，但妳還是個小學生的時候，就很彬彬有禮，也知道很多很有深度的字詞。小時候我常覺得妳的舉手投足很美，很希望能像妳一樣；而且，妳寫字很好看。」

「只有這個優點而已啊。」

因爲我眞的很會寫書法，每次都得到金獎。

「妳別謙虛了，還有男生暗戀妳呢。」

「啊？不可能有這種事！」

我鄭重否認。

「波波，看到妳還是老樣子，我眞的鬆了一口氣。」

小舞深表感慨。

雖然和小時候相比，不可能沒有改變，但我想她指的是一個人無法改變的、像是內在的東西。

「啊，對不起，我都忘了倒茶給妳喝。」

我被她這和服美人的氣勢震懾，忘了像平時一樣爲客人送上飲料。

「不用了，不必在意，反正我以後還會來找妳。那封絕交信，拜託妳眞的沒問題嗎？我雖然試著寫了好幾次，但還是不知道該怎麼寫。」

小舞露出爲難的表情，雙手合掌拜託著。

「交給我吧。」

我故作姿態地向她微微欠身，然後互相留了電話。

「謝謝妳！」

小舞大聲道謝後，精神抖擻地離開了。

小舞打開山茶花文具店的大門時，一陣風吹了進來。

「春天來了。」

小舞一邊嗅聞著風的味道，一邊小聲低語著。櫻花可能快開了，天空帶著淡淡的粉紅色，露出了微笑。

那天晚上，我開始動手寫小舞委託的絕交信。既然對方是茶道老師，就必須用最高規格的禮儀對待，所以用毛筆寫比較理想。

雖說是絕交信，但我希望寫一封符合小舞給人的感覺、具備小舞特色的絕交信。

寫昨天那封絕交信時很痛苦，但今天很快就構思出小舞委託的絕交信內容。可能是因爲匿名小姐的委託，讓我的腦袋進入了絕交信模式。寫信和對方提出分手的確很困難，因爲既不想傷害對方，但也不想招人怨恨。我想，要是能輕鬆寫出絕交信，應該就算是獨當一面的代筆人吧。

我仔細磨墨，把心放開。墨汁的顏色如同小舞雙眸的顏色。小舞有強烈的正義感，認眞對待每一件事；說話時，總是注視著對方的眼睛。

仔細想想，每個人其實都看不見自己。雖然可以看到手和手指，但除非照鏡子，否則看不見自己的後背和屁股。無論任何時候，周遭人們所看到的我，都比我看到的自己更多。

正因爲如此，即使自己覺得如此這般，但也許別人看到了不同的我。我記起白天和小舞的對話，想著這些事。

終於磨出了無限接近漆黑的墨汁。這是最適合傳達小舞意志的顏色。我用毛筆沾取了充足的墨汁。

接著，專心一致，一口氣寫完信。

在那一刻，我就是小野寺舞。

今晨、聞著瑞香的甜蜜香氣醒來
百花盛開的明媚春天即將來臨
學習茶道至今
轉眼間已過了十年以上
遙想當初、我一無所知
連受茶的規矩都不懂
因長時間跪坐導致雙腿發麻
以致無法順利站起來的經驗
也不勝枚舉
溫柔親切的老師總是
溫暖地守護我這個年輕人
帶給我莫大的救贖

無論是開心或煩悶時
只要見到老師您、心情就能充分放鬆
歸途中、也能抬頭看著天空露出微笑
我認為、有緣認識茶道的世界
是我人生中最大的收穫
即使老師有時嚴詞批評
我仍自我激勵
相信老師是愛之深責之切
然而要再繼續上茶道課卻是困難重重
照理、我應親自向老師說明這一切
只因身體微恙、不克當面向您告別
請原諒我的無禮之舉、用這種方式

向老師報告這般重大事宜
我們一家三口將您日前寄來的
松坂牛肉做成了壽喜燒享用
不愧是A5等級的牛肉
這也是正值發育期的兒子
生平第一次品嘗
真心感謝老師無微不至的照顧
說來有點丟臉、外子是上班族
我是家庭主婦、
兒子則是正值發育期的小學生
雖然老師一次次寄贈高級的食物
我卻無法回禮、內心着實深感痛苦

雖然不能再像以前一樣
每週去上茶道課
讓我心中倍感寂寞
但我希望能在更廣闊的世界中
實踐您在課堂上所傳授的一切
敬請老師多保重身體
衷心祝福老師您永遠健康幸福

寫完的瞬間，我重重吐了一口氣。

我似乎可以聽到小舞拍翅飛離茶道老師的聲音。雖然無法保證，但總覺得茶道老師收到這封信之後，應該不會再執拗地欺負小舞了。

隔天早晨，我重新檢查了一次，採用正式而又富有禮儀的摺紙方式——「立文」。先把信紙摺好，外面用稱爲禮紙的空白紙張以三折方式包起來，上下多餘的部分則摺成三角形。

用禮紙包信時，我加上了一朵庭院裡盛開的花韭。花韭的花語是「離別的悲傷」。外頭再用相同的紙把信與花包在一起，寫上地址。

最後在老師的名字旁寫上「御許」。雖然最近幾乎很少有人使用「御許」這兩個字，但古代的人都會用這兩個字代表「隨侍在側」的意思。因爲這封信要寄給茶道老師，所以必須禮數周到。

把信翻過來，寫上小舞的地址和姓名、貼上郵票後，就大功告成了。

我想起上代曾經教導我，要沾溼郵票貼在信封上時，悲傷的信要用悲傷的眼淚，喜慶的信也要用喜慶的眼淚，但我還做不到，總是沾取積在水龍頭的水滴來黏郵票。

「波波，可以拜託妳一下嗎？」

早晨擦完地，正在休息時，聽到了鄰居的叫聲。

「好，等我一下。」

我慌忙把吃到一半的司康碎屑塞進嘴裡，站起來，打開窗戶。藍天中有一條好像用尺畫出來的筆直飛機雲。

「妳可不可以過來一下？拜託了。」

芭芭拉夫人壓低嗓門說話的同時，向我招著手。

我立刻脫下穿在襪子外頭的毛線襪，就這樣穿著五趾襪，硬是把腳塞進源平商店的夾腳拖裡。我腳步有點不穩、啪答啪答地走向圍籬，芭芭拉夫人也維持原來的姿勢，像螃蟹走路般彎著膝蓋移了過來。我以爲她落枕了。

「對不起，這種事只能拜託妳。」

芭芭拉夫人紅著臉，嬌羞地說。根本不是什麼大不了的事，只是要我幫她扣毛衣背後的鈕釦而已。

「眞不好意思，妳在忙還打擾妳。」

芭芭拉夫人不安地說。

「沒這回事，我一年到頭都很閒。」

我一邊說話時，一邊替她扣好一排釦子。

芭芭拉夫人的這件毛衣很可愛，黑色的毛衣背後縫著紅、藍、白等不同顏色的圓釦，造型很新穎。

「好漂亮的毛衣，是哪個牌子的？」

我扣上最下面的鈕釦時問道。

「妳眞愛開玩笑，這已經是半個世紀前的毛衣啦。原本是我媽外出時穿的——她在冬天經常穿這件，但因爲款式太老舊了，所以最近我換了鈕釦。

「吶，聯售站對面不是有一家鈕釦店嗎？」

「對啊對啊，的確有一家鈕釦店，只是我忘了那家店叫什麼名字。」

「我只是去那家店買鈕釦回來縫上去而已。以前可以很輕鬆地扣背後的釦子，但剛才穿上去後，手臂完全抬不起來，眞是急死我了。」

「這是小事一樁，有需要時，隨時叫我一聲。」

我說。芭芭拉夫人肩胛骨的位置有一根頭髮，我悄悄幫她拿下。美麗的銀色頭髮好像蜘蛛絲似的。

「謝謝，那我以後就不客氣了，有困難的時候就找妳幫忙。」

芭芭拉夫人又興奮地說道：

「對了，波波，妳這個週末有事嗎？」

「沒什麼特別的事。」

天氣漸漸回暖，我原本打算去海邊尋寶，看看有沒有什麼東西被打到海灘上，但下個星期再去也無妨。

「那要不要賞櫻？」

芭芭拉夫人說。

「好啊，櫻花差不多盛開了。要去哪裡賞櫻？」

說到賞櫻，我最先想到的是段葛。我想起以前曾在初春的夜晚，和上代一起走在那條路上，那就算是我們的賞櫻。

「就在我家。」

芭芭拉夫人說。

「可以嗎？」

「當然可以啊，只是也要請大家幫忙準備。因爲從這個位置看不到，所以妳可能也不曉得，我家庭院有一棵很壯觀的櫻樹，所以想請大家來賞花。因爲那些朋友和我一樣，都是老太婆，不知道還能活躍多久。」

「不會啦……」

「波波，妳不要露出這麼難過的表情。所有的生命，都有結束的一天。」

即使如此，我仍然希望芭芭拉夫人可以活久一點，希望她可以永遠當我的鄰居。

「我很期待賞櫻。」

聽到我這麼說，芭芭拉夫人也說：

「是啊，欣賞櫻花，會很慶幸自己活著。波波，那天妳要多邀一些朋友來。」

「咦？要辦得這麼盛大嗎？但是我沒有太多朋友喔。」

實不相瞞，我最好的朋友就是眼前這位芭芭拉夫人。

「那我收回剛才這句話，朋友是重質不重量，但如果妳有想要一起賞櫻的朋友，歡迎妳一起帶來，不必客氣。」

聽到芭芭拉夫人這麼說，我立刻想到QP妹妹。

「謝謝。」

「以前說要賞櫻，都會很興奮地去很遠的地方，但最近覺得在家賞櫻最棒了。因為家裡的櫻花最漂亮，所以，雖然要勞駕各位，但還是希望讓老太婆任性一下。」

「妳一點都不老！」

我加強語氣。

「波波，謝謝妳。妳人眞好，會對我說這種話。」

芭芭拉夫人露出溫和的笑容。

我可以對神明發誓，我從來不覺得芭芭拉夫人是老太婆；相反的，我還很羨慕她，覺得她在精神上比我年輕多了。

「胖蒂說，她會負責細節的部分，那就交給老師吧。」

「是啊，別看胖蒂那樣，她做事很有條理。」

「沒錯沒錯，重點就在於她看起來那樣。」

我抬起頭，發現飛機雲已經消失了。

「那麼，我差不多要回去準備開店了。」

「也是。我大概也要請別人帶我去橫濱的好市多一趟，要去買賞櫻時用的盤子之類的東西。」

「好市多嗎？」

我無法把芭芭拉夫人和好市多聯想在一起。

「對啊，開車一下子就到了。雖然每次去那裡都會忍不住買一些不必要的東西。」

芭芭拉夫人邊說話邊走回自己家裡，紅色、藍色和白色的鈕釦以相同的間距在她背後閃著光。

砰、砰、砰、砰。

星期天一大早，廚房就傳來響亮的聲音。

「波波，妳要更用力摔麵糰，把心裡的疙瘩全都摔出來。」

胖蒂在一旁指導。

「疙瘩是什麼？」

穿著圍裙的QP妹妹在一旁天眞地問，但我現在無暇回答她。

賞櫻的主菜是烤麵包。當我告訴QP妹妹後，她說也想參加，於是我們三個人便聚集在雨宮家的廚房。我和QP妹妹都是第一次動手做麵包。

「做麵包的時候，這個步驟是否用心，會影響麵包的味道，所以要專心一點。」

雖然基本上只用了麵粉和水，但眼前的固體既不是麵粉，也不是水，而是富有彈性的圓形物體。

「好像有生命的東西。」

QP妹妹表達了感想。

「的確有生命喔！」

胖蒂湊近QP妹妹的臉龐說道。她們明明今天才剛認識，卻像老朋友一樣親密地聊著天。

我喘著粗氣，和麵糰奮鬥了十五分鐘，胖蒂才終於表示合格。我平時幾乎不運動，手臂和腰的骨頭都快散了。

「做麵包很費體力啊。」

我氣若游絲地說著。

「波波，妳比我年輕，要振作一點。」

她用力拍著我的背。

「就是嘛波波。」

連QP妹妹也模仿胖蒂說話的樣子。我完全沒想到，做麵包竟然這麼耗體力。

先把麵糰放在一旁靜置，等待發酵成兩倍大。

等待醒麵的這段時間，則享用QP妹妹的爸爸做的早餐。照理說，他只要做女兒QP妹妹的份就好，但他特地做了三人份，早晨送QP妹妹來這裡時，也把早餐一起帶了過來。

「啊，免捏飯糰！」

一打開鋁箔紙，胖蒂立刻叫道。

「啊？什麼？免捏？」

我以爲自己聽錯了。

「波波，妳不知道免捏飯糰嗎？現在外面超流行耶。」

胖蒂說。

「波波應該不知道。」

QP妹妹也開心地跟著胖蒂起鬨。

「我很不了解外面的事。這個有這麼流行嗎？」我問。

「妳先吃吃看嘛。」

眼前是一個長方形的飯糰，或者說是米飯版三明治，總之，是看起來並不新奇，但以前從沒見過的食物。

我雙手拿起飯糰送到嘴邊，有炒蛋和肉鬆的味道。

咬了一口，吃到了滷昆布。旁邊有用醬油稍稍調味過的油菜花和竹輪天婦羅。切得很細的醃黃蘿蔔咬起來很爽脆，發出卡滋卡滋的聲音。

「眞好吃！可以同時吃到很多種味道。」

我語帶佩服。

「所以說，免捏飯糰是世紀大發明啊！」

胖蒂很是得意，好像免捏飯糰是她發明的。

「吃免捏飯糰不需要用筷子，小孩子也可以吃得很乾淨，不會掉得滿桌子都是，最適合遠足的時候。」

QP妹妹可能很愛吃免捏飯糰吧，她沒有加入我們的談話，一直默默吃著。普通的飯糰無法同時吃到這麼多料，吃完後的整理也很輕鬆。

吃完早餐，我泡了蜂蜜金桔茶，大家喝著茶休息。

「那是誰啊？」

QP妹妹指著佛壇的方向問道。

「其中一個是上代，另一個是壽司子姨婆。」

我回答了她的問題。

「上代是什麼？」

QP妹妹繼續追問。

「嗯，是我的阿嬷。」

「那妳的媽媽呢？」

「我沒有媽媽。」

「去天堂了嗎？」

「不知道。因爲我沒有見過媽媽，所以不太清楚情況，但應該還沒去天堂吧。ＱＰ妹妹，妳的媽媽呢？」

我很自然地問了這個問題。

胖蒂悄悄站了起來，走到流理檯前洗鋼盆和湯匙。也許她不想打擾我和ＱＰ妹妹。

「媽媽在天堂。」

ＱＰ妹妹說。

「孤單的時候，就這樣用力抱緊緊。」

她雙手交叉，緊緊抱著自己的身體，用力閉上眼睛。

「波波，妳也和我一起做。」

ＱＰ妹妹閉著眼睛邀請我，我也用力抱緊自己。

「用力抱緊緊。」

我的母親在十幾歲時懷了我，然後生下了我。

這是壽司子姨婆瞞著上代偷偷告訴我的。上代和我母親水火不容。從我懂事時開始，就從來沒在家裡看過母親的照片。

因爲一開始就沒有母親，覺得沒有母親也很正常，所以從來不曾有過想見母親的想法。但是，如果她還活在世上，也許有朝一日會見面。

「可以了，波波，這樣是不是就不會覺得孤單了？」

聽到QP妹妹的聲音，我緩緩張開眼睛。QP妹妹朝我伸出手，摸了摸我的頭。她撫摸的方式很溫柔，就像媽媽在摸女兒。

QP妹妹想媽媽的時候，都用這種方式克服嗎？我和她在一起的時候，雖然也很想緊緊地抱住她，但這兩者的意義應該不一樣。QP妹妹的媽媽身上，必定有專屬於QP妹妹的媽媽獨特的溫暖。

胖蒂洗好碗，說要用剩下的麵粉烤鬆餅。於是我便去準備搭配鬆餅的鮮奶油和培根。

我和QP妹妹牽著手一起去採買。我們在鎌倉宮搭公車，在鎌倉車站前一站下了車，走進聯合超市。位在若宮大路上的聯合超市是離我家最近的超市。

我問QP妹妹有沒有想買的東西，但她卻回答什麼都不想買，還是趕快回家吧。QP妹妹牽著我的手，便準備走向出口，我慌忙挑選了鮮奶油和培根，付錢結了帳。

走出超市，剛好有一輛公車進站。天氣漸漸暖和，鎌倉每年從這個時期開始，觀光客就會開始增加。

回到家，麵糰已經膨脹得很大。

「醒麵是把麵糰叫醒的意思嗎？那麵糰剛才睡覺的時候，有沒有打呼？」

QP妹妹問。

「有啊，剛才鼾聲如雷呢。」

胖蒂用一臉認眞的表情回答。

我把手輕輕放在麵糰上，感受到好像人體皮膚般的溫度。胖蒂說要繼續醒麵，於是用溼布輕輕蓋在麵糰上。

「晚安，要好好睡覺喔。」

我也小聲對著有生命的麵糰耳語。

趁著醒麵的時候，我和QP妹妹準備鮮奶油。以冰塊冷卻鋼盆盆底的同時，用打蛋器迅速攪拌，這也是會導致手痠的作業。

胖蒂在一旁煎好一塊又一塊鬆餅。薄薄的鬆餅形狀不一，很有手工製作的感覺，看起來更好吃。這時，傳來了芭芭拉夫人的聲音。

「早安。」

胖蒂可能沒料到會突然傳來聲音，翻動平底鍋的手抖了一下。

「早安。」

QP妹妹大聲回答。QP妹妹和芭芭拉夫人還沒見過面。

「啊喲，好可愛的聲音啊。」

芭芭拉夫人立刻察覺到QP妹妹也在。

「今天要麻煩妳了，我們正在煎鬆餅。」

我向她說明情況。

「今天的天氣也很不錯，眞是太好了。」

胖蒂終於向芭芭拉夫人打招呼。

「要不要我幫忙？」

芭芭拉夫人問。

「這裡沒問題，就交給我們吧！」

胖蒂很有精神地回答。

「那就按照原定計畫，十二點開始。」

「遵命！」

我回答道。QP妹妹在一旁聽了我們的對話，好奇地咬耳朵問我：

「她是鄰居嗎？」

「是啊，是很好的鄰居，她叫芭芭拉夫人，等一下我介紹你們認識。」

如果說，芭芭拉夫人是我朋友中最年長的，QP妹妹當然就是最年幼的。

一看時間，距離賞櫻開始只剩下不到兩個小時了。

麵糰充分膨脹後，要先把它壓扁，讓空氣排出來。休息片刻後，就可以整型、進烤箱。

最後完成的是很大很大的鄉村麵包，帶有一點焦香味。中間稱爲割線的十字痕跡是我和QP妹妹一起用刀子劃的。

十一點過後，周圍漸漸熱鬧起來。十一點半的時候，已經聚集了不少人。我們隔著圍籬，從庭院把麵包、鮮奶油和培根等搬到芭芭拉夫人家時，男爵站在第一線指揮，把座墊都排在緣廊上。自從農曆新年一起去鎌倉七福神巡禮後，這還是我第一次見到男爵。

因爲每個人都帶了東西來，所以桌上擺滿了許多食物。除了「鳥一」的可樂餅、串烤，還有萩原精肉店的烤牛肉、Bergfeld麵包店的香腸等熟悉的品項，還有醃鯖魚、竹筴魚壽司、魩仔魚等豐富的海鮮；至於甜點，則有鎌倉人都很熟悉的「麩帆」的麩饅頭，與松花堂的進貢羊羹。

一共有十多人來芭芭拉夫人家賞櫻，因爲大家都住在鎌倉，所以很快就熟悉起來。只要住在鎌倉這個地方，一旦聊上幾句，就必定會發現有共同認識的朋友。

我牽著QP妹妹在座墊上坐了下來。大家先用逗子釀造的「喜悅啤酒」乾了杯。芭芭拉夫人爲QP妹妹調了熱檸檬水。

芭芭拉夫人家的櫻樹眞的很壯觀。那是一棵優雅的枝垂櫻，宛如從天而降的光絲。

QP妹妹也露出嚴肅的眼神欣賞著櫻花樹。

「這棵樹的樹齡是多少？」

我問芭芭拉夫人。

「我出生的時候，我父親爲了紀念而種下這棵樹，所以年紀和我一樣。」

芭芭拉夫人露出溫和的笑容告訴我。這棵櫻花高雅華麗，只要在它旁邊，心情就很平靜，的確就像芭芭拉夫人。

我們在春寒料峭中一邊喝著啤酒，一邊賞花。

仔細一看，發現櫻花的顏色並非完全一樣，有的顏色比較深，有的比較淺，深淺並不相同。有些含苞待放，有些已成落英，每朵花以各自的節奏綻放。

不光是花，黑色彎曲的樹幹、細弦般的樹枝，以及開始冒芽的樹葉也都很美。只要敞開心房，就可以聽到櫻花訴說的話語。櫻花和我越來越親密，我在心裡輕輕抱住了櫻樹。

我去年春天也在鎌倉，卻完全沒有心情抬頭欣賞櫻花。如今，我和左鄰右舍坐在這裡一起賞花。這種平淡無奇的事令我感到幸福。

我怔怔地注視著櫻花，坐在我身旁的一位年長紳士請我喝白葡萄酒。

「聽說這是由亞爾薩斯地區的麗絲玲葡萄所釀造的有機葡萄酒。」

這位年長紳士說起話來，就像大河般滔滔不絕。他是芭芭拉夫人的男朋友嗎？我把剩下的啤酒喝了下去，請他把白酒倒在我的空杯裡。

我喝著帶有木桶香氣、味道醇厚的白酒，吃著大家帶來的料理。「鳥一」的可樂餅用的不是豬絞肉，而是雞絞肉。上代因爲太忙而無法做晚餐時，「鳥一」的可樂餅就會經常出現在雨宮家的餐桌上。

自己烤的麵包味道果然不一樣。帶有鹹味的麵包，無論搭配奶油和果醬都很好吃。

大家酒酣耳熱時，胖蒂說：

「各位，今天機會難得，請大家輪流自我介紹，簡短介紹一下自己住哪裡、在做什麼就可以了。」

因爲從左側開始，所以很快就輪到我了。雖然我有點緊張，但還是站起來向大家打招呼。

「我是芭芭拉夫人的鄰居，經營山茶花文具店的雨宮鳩子。我在鎌倉出生、長大，在國外流浪了幾年，直到去年才回來。雖然開文具店，但也從事代筆人的副業，如果各位有需要，歡迎隨時吩咐。請大家多多指教。」

我向來很怕自我介紹，但可能借酒壯了膽吧，很順利就說出口。接下來輪到QP妹妹。

「我搬到鎌倉，和爸爸住在一起，今年五歲。」

「我喜歡吃白煮蛋加美乃滋，請多多指教！」

QP妹妹毫不膽怯，落落大方地自我介紹，所有人都熱烈鼓掌。

幾分鐘後，輪到胖蒂自我介紹時，響起了轟動的歡呼聲。

因爲胖蒂提到目前在小學當老師後，突然向大家宣布：

「不瞞各位，我很快就要結婚了！」

然後又接著說：

「我要嫁給那位男士！」

說著，胖蒂竟然指向男爵。

短暫的沉默後，「哇」地響起一陣熱烈的祝賀聲。

男爵的臉漸漸紅得像楓葉。完全沒有想到這兩個人會湊在一起，還忍不住懷疑自己是不是上當了。該不會是愚人節吧？但看他們的表情，不像是在開玩笑。

所有人都自我介紹完畢後，我走向胖蒂，小聲對她說：

「恭喜。」

雖然我有一籮筐的話想問她，但還是先表達祝福。

「謝謝！我得向妳道謝才行。」

「爲什麼要謝我？我什麼都沒做啊。」

「因爲上次有妳幫我收回那封已經丟進郵筒的信，我的人生才能改變，不是嗎？如果那封信就這樣寄到對方手上，不知道會有什麼結果，也許我就這樣嫁給一個自己根本不喜歡的人。」

胖蒂應該不會喝酒，但她的臉好像喝了酒一樣。

「這樣啊。但沒想到是男爵，太驚訝了。我完全沒有察覺。你們是什麼時候開始交往的？」

我竟然心跳加速。已經很久沒有和別人熱烈討論戀愛的話題了。

「我們不是去七福神巡禮嗎？那天下雨，所以就在八幡宮解散了對吧？就是在那次之後。但第一次是在酒吧見到妳的時候。」

「酒吧？」

我不記得這件事，納悶地問。

「就是那次強颱逼近、下了大雨之後，妳穿著雨靴去酒吧那次啊。」

「喔，我想起來了，我想起來了。那次的確是和男爵一起去的。」

「對不對？那時候我還偷偷羡慕妳，覺得妳竟然有這麼帥的男朋友。」

「原來是這樣！所以七福神巡禮時，是你們第二次見面。我記得你們後來去了稻村崎溫泉？」

「沒錯沒錯，往溫泉的路上，我們聊了很多事，然後發現自己在不知不覺中戀愛了。我好像對那種霸道的男人沒有抵抗力。」

「所以，是妳主動告白嗎？」

我問道。胖蒂彷彿少女般含情脈脈地點了點頭。

「波波，人生會發生什麼事，眞的很難預料。」

胖蒂用一臉確信的表情說著。的確是這樣。如果可以預測人生的一切，那麼一定很無聊。

「總之，祝妳幸福。」

雖然我仍然無法想像胖蒂和男爵會成爲夫妻，但說不定他們很匹配。男爵比胖蒂年長很多歲，以前結過婚，應該經歷過不少風風雨雨。不過，能遇到喜歡的人、能一起生活，便是人生最大的幸福。

「今天的賞花會很成功，眞是太棒了。」

傍晚收拾時，我對芭芭拉夫人說。大家幾乎都走了，QP妹妹和一群大人相處，或許是太累了，中途就躺在座墊上睡著了。我們輕手輕腳地將垃圾分類、收拾髒碗盤，以免吵醒她。

「到了這個年紀，每天都像是在探險，因爲會不斷發生有趣的事。」

芭芭拉夫人正在收拾所有人用過的免洗筷時，彷彿自言自語般說著。

「能夠一邊欣賞著美麗的櫻花，一邊喝酒，今天眞是太美好了。」

我覺得自己的肩膀也披上一件櫻色的羽衣。

枝垂櫻在我和芭芭拉夫人的視線前方綻放著。天色已經有點暗了。天空中的粉紅色和深藍色形成漸層，宛如頂級雞尾酒才有的色彩。

「因為太幸福了，最近有點感傷。」

芭芭拉夫人深有感慨地說。

「我今天深深體會到，自己能生在鎌倉眞是萬幸；能和妳成為這樣的好鄰居，實在太幸福了。謝謝妳，芭芭拉夫人。」

平時即使心裡這麼想，也無法說出感謝的話，現在是絕佳的機會。

「我也一樣，能夠和像妳這樣可愛的女生當朋友，眞是太棒了。」

這時，從山那邊吹來一陣風，搖動枝垂櫻的樹枝。那一刻的心情，就像神的手指輕輕撫過臉頰。

半個月後，有人邀我約會。

「我有一件事想拜託妳。」

星期六下午，山茶花文具店打烊後，我去吃晚午餐時，QP妹妹的爸爸用一臉嚴肅的表情對我說。我一開始還以為有什麼事。

「我希望妳陪我去偵察。」

QP妹妹的爸爸從收銀機裡拿出找零時對我說。

「偵察？」

他說的話出乎意料。

「說起來很丟臉，我想了解其他餐廳都做些什麼樣的咖哩，但我一個人不太敢走進那種時髦的餐廳，所以，我想拜託妳，能不能陪我去偵察其他店家……」

「鎌倉不是有很多家咖哩店嗎？我的餐廳也想走咖哩路線。」

今天店裡也只有我一個客人。當然，這個地點交通不便也是原因之一，但繼續這樣下去，餐廳的生意是做不起來的。

「好啊，既然這樣，那我們就吃遍鎌倉的咖哩，徹底研究一下，然後請你做出不輸給任何一家店的好吃咖哩！」

如果是一年前，我一定會因爲害怕而拒絕。而且光處理店裡的事就焦頭爛額了，根本沒有這種閒工夫。但現在不一樣。雖然很難具體說明到底哪裡不一樣，但的的確確不一樣了。

「謝謝妳！眞的幫了大忙！」

QP妹妹的爸爸向我鞠躬。

「爸爸，太好了，你可以和波波約會了。」

躲在收銀檯裡頭、一直聽著我們說話的QP妹妹調侃著自己的爸爸。

「不是約會啦。」

QP妹妹的爸爸拚命糾正，但QP妹妹還是一直重複「約會、約會」這兩個字。看到她的樣子，連我都忍不住害羞起來，好像眞的有人找我約會似的。

如果是老店，「Caraway」很有名，但年輕人都喜歡去「OXYMORON」；如果去長谷一帶，則有「woof curry」；想稍微換一點花樣的話，還有露西亞亭的咖哩麵包。我記得大町有一家餐廳，每週有一天會供應正統的印度咖哩，但我忘了那家餐廳叫什麼名字。

過了幾天，我把這些情況告訴QP妹妹的爸爸，最後決定先從「OXYMORON」下手。他似乎最在意那一家，但對他來說門檻太高，他不敢走進那家餐廳。

「上一次，我已經走上這道階梯了，但因爲餐廳太時髦，不敢推門進去，最後只能轉身離開。」

星期天傍晚，我們鎖定最後點餐時間走進餐廳，所以店裡並沒有太多客人。我們坐在視野良好的窗邊座位，QP妹妹坐在我對面，她爸爸則坐在她身旁。

一比較他們的長相，就覺得無論怎麼看，他們都是如假包換的父女。不管是雙眼之間的距離、濃密的睫毛，還有看起來很有彈性，讓人忍不住想伸手觸摸的臉頰，全都一模一樣。

「妳要吃什麼？」

我怔怔看著他們父女，QP妹妹的爸爸把菜單遞了過來。

「嗯，今天有點想吃日式肉末咖哩。」

我自言自語般地回答後，又問：

「守景先生，你要點什麼？」

我第一次這樣稱呼QP妹妹的爸爸。

QP妹妹的本名叫守景陽菜，陽菜這兩個字讀做「Haruna」，但對我來說，QP妹妹就只是QP妹妹。

「嗯，因爲第一次來這裡，所以我還是點正統的雞肉咖哩，QP呢？」

「布丁！」

QP妹妹大聲叫道。

「噓，不要這麼大聲。妳不是答應今天要乖乖的嗎？」

被爸爸教訓後，QP妹妹乖乖低下頭的樣子很可愛。

「那爸爸把咖哩的飯分妳，妳吃完之後才能吃布丁，好不好？一言爲定喔。」

守景先生說完，QP妹妹用力點著頭。

點完餐、等待餐點送上來時，QP妹妹從自己的小背包裡拿出摺紙，專心地摺了起來。

「這孩子從小就很習慣等待。」

QP妹妹露出專注的眼神摺著眼前的色紙，守景先生則專心地摸著她的頭。但QP

妹妹完全不在意，只是繼續摺紙。

原來她爸爸常常這樣撫摸她，難怪她上次會對我這麼做。她教我覺得孤單時緊緊擁抱自己，而當我緩緩睜開眼睛時，QP妹妹摸了摸我的頭。

守景先生向服務生要了一只小碗，把雞肉咖哩的飯分給她。我也從我的肉末咖哩中分了一些飯給她，然後把紫色高麗菜沙拉、酸醃豆和胡蘿蔔絲沙拉放在桌子中央，大家一起分享。

準備就緒後，三個人一起說：「開動了。」除了我們以外，只有一對年輕情侶。刺眼的夕陽從窗戶照了進來。

好久沒吃的日式肉末咖哩果然很好吃。很辣，加了很多辛香料，舒暢到讓人完全敞開心房。

「你要不要嘗嘗這個的味道？」

我把盤子遞到守景先生面前。

「那我就不客氣了。」

他用湯匙舀起日式肉末咖哩。

「妳要不要也試試雞肉咖哩？」

他用左手掩著嘴，也請我嘗他的咖哩。

「那我就嘗一口。」

我也從守景先生的盤子裡舀了一口雞肉咖哩。守景先生把咖哩含在嘴裡，仔細地品嘗味道，然後在自己的筆記本上記錄起來。

QP妹妹似乎很愛吃胡蘿蔔絲沙拉，一口接一口吃著。

我平時向來都是一個人來這裡，點一人份的咖哩，一個人吃完，一個人付錢，幾乎不和任何人說話，就這樣離開餐廳。我一直以爲這是理所當然的，但如今卻和守景先生、QP妹妹三個人一起坐在這裡吃咖哩。雖然咖哩的味道應該沒有改變，但和別人一起享用的咖哩，會讓胃袋感受到不同的滿足。

因爲大家都不好意思吃得精光，所以盤子裡還剩下幾顆酸醃豆。我覺得可惜，便吃了起來。守景先生拿出QP妹妹用的手帕，用力擦著QP妹妹嘴巴周圍。

「好痛喔！」

QP妹妹把頭扭到一旁。

「不行，一定要擦乾淨。」

守景先生把QP妹妹的臉轉向他，臉上的表情很嚴肅。看著他們父女，向來陷入沉睡的內心深處，好像突然被人捏了一把，好像有什麼東西從那裡湧現似的。

不行不行，現在不能哭。

我努力克制，但看到QP妹妹說「爸爸也要」，然後用手帕一個勁地爲守景先生擦拭嘴角時，我終於忍不住了。

爲了不讓他們父女察覺，我悄悄轉身，假裝欣賞窗外暗紅色的天空。晚霞彷彿在燃燒殆盡後，就這樣變成了灰。我沒想到自己會流淚，所以沒帶手帕，只好拉著襯衫袖子擦拭眼淚。幸好今天穿長袖襯衫。

我無法不想到自己和上代的關係。雖然我努力尋找與上代之間的美好回憶，但不好的回憶總是爭先恐後浮現，阻擋了美好回憶。我很羨慕守景先生和QP妹妹的相處如此毫無顧慮、相親相愛。

不一會兒，布丁送了上來。剛才的那對年輕情侶不知道什麼時候離開了，餐廳裡只剩下我們三個人。

「布丁！」

QP妹妹似乎很喜歡布丁，雙眼發亮地把茶匙插進柔嫩的布丁裡。

「QP妹妹，怎麼樣？好吃嗎？」

我問，而她滿面笑容地回答。

QP妹妹吃掉三分之二時，突然抬起頭，看了看我，又看了看守景先生。然後，舀了一大匙布丁，緩緩送到守景先生面前。

「爸爸，啊——嗯。」

然後，她又把茶匙伸到我面前。

「波波，妳也要啊——嗯。」

她也把布丁送進我嘴裡。

她應該很想獨占布丁才是。一想到這裡，內心對QP妹妹毫不虛假的貼心再度有了反應。

「好吃嗎？」

QP妹妹問，我努力克制內心的情緒，點了點頭。其實我很捨不得吞下去，想一直留在嘴裡。

「謝謝妳請我吃。」

又甜又柔軟的布丁，簡直和QP妹妹一樣。

原本打算各付各的，但守景先生說要謝謝我陪他來這裡，所以一起結了帳。

我向他道謝，他反而謝謝我。

星期天傍晚六點多的小町路上沒什麼行人，靜悄悄的。QP妹妹走在中間，我們三個人很自然地牽起了手。

「希望妳聽了不要太有壓力，但不瞞妳說，今天是我第一次約會。」

守景先生突然這麼說，我驚訝地看著他。

「啊，對不起，我不應該隨便用『約會』這種字眼。」

「不，沒這回事，女生之間也常常會說『我們來約會吧』。」

我突然好想放慢腳步。QP妹妹毫不猶豫地牽著我的手，讓人想一直牽著那隻手不放開。

「要不要去喝咖啡？我請你喝咖啡，謝謝你請我吃咖哩。」

「謝謝。」

守景先生回答的聲音溫柔地傳入我的耳朵。

在街角轉彎後，走進咖啡店點了兩杯咖啡，坐在露天座位喝。觀光人力車結束了一天的工作，從咖啡店前經過。我不想鬆開QP妹妹的手，所以只用右手付錢，也只用右手拿咖啡杯。守景先生可能也一直牽著QP妹妹，所以用左手拿著咖啡杯。他的無名指上戴著一枚典雅的戒指。

「我剛才的話還沒說完。」

守景先生喝了口咖啡，又說。

「我原本以爲，這輩子再也不會和任何女人一起去某個地方了。」

他說話的聲音很平靜，好像身旁沒人在聽似的。我豎起耳朵，細聽他的聲音。

「這孩子的媽突然離開了我們，當時我完全亂了方寸，每天都想著帶孩子一起去死；什麼都不想做，整天都待在昏暗的房間內發呆。現在回想起來，還覺得渾身發毛，那完全就是放棄了養育孩子。

「結果有一次，我看到她在用力吸美乃滋。她整張嘴、整張臉上都是美乃滋。那一刻，我被她的樣子打醒，意識到自己不能再繼續這樣下去。

「她媽媽離開時，她還不到兩歲，所以好像並沒有對媽媽的記憶，但現在每天睡覺時，仍然會抱著美乃滋瓶子。她可能把美乃滋當成母親了吧。連這麼小的孩子都努力設法撐過去，我這個父親，怎麼可以一蹶不振？於是，我決定實現我和我老婆生前的共同夢想。」

「夢想？」

「對，我老婆以前曾說過，想開一家咖啡店。」

「她是鎌倉人嗎？」

「我們和鎌倉完全沒有任何地緣關係，但是，我和我老婆第一次約會就是在鎌倉，而且我們兩人都很喜歡這裡。這裡雖然離東京很近，但整個街道的氛圍完全不一樣。所以我們一直都希望生了小孩之後，可以搬來這裡生活。」

「原來是這樣啊，你太太……是因爲生病嗎？」

雖然我有點猶豫，不知道該不該問這種隱私，但還是想知道。

「她帶著這孩子去超市買東西時，被隨機殺人魔用刀子從背後刺中。」

「對不起。」

我爲自己無知地問了這個問題感到羞愧。

難怪QP妹妹和我一起去聯合超市時急著要離開。雖然她可能沒有記憶，但身體也許仍記得當時的恐懼。我想起QP妹妹當時緊緊抓住我的手，想起她當時臉上的表情，忍不住感到難過。

「沒關係，這是事實，而且也已經過去了。」

雖然即使事出有因，但未必能夠接受，而且自己根本沒有做錯任何事，卻被素不相識的人奪走了重要的家人。守景先生內心的怒氣，該向何處宣洩才好？

QP妹妹坐在我和守景先生中間，昏昏欲睡。

「要不要走一走？」

守景先生站了起來。

「背我。」

QP妹妹鬆開我的左手，朝著守景先生伸出雙手。守景先生正打算把自己背上的背包移到前面時，我接過背包。

「謝謝。」

守景先生說完，背著QP妹妹站了起來，然後走往平交道的方向。

「QP妹妹現在幾公斤？」

「大概十五公斤左右吧。」

QP妹妹趴在守景先生的背上，露出快睡著的樣子。她每次滑下來，守景先生就停下腳步，重新把她背好。

看著他們父女，我似乎快想起了什麼。

在平交道前等電車經過時，我對守景先生說：

「我想去一個地方，可以嗎？就在這附近。」

「當然可以啊。」

越過平交道，我們往北鎌倉的方向走去。太陽早已下山，星星在夜空中閃爍。櫻花皆已凋謝，展現一整片葉櫻之美。

「就是這裡。」

「壽福寺嗎？我第一次來這裡。」

「我也好久沒來了，這是政子所建的寺院。」

「政子？」

「啊，是北条政子。我外婆經常這麼叫她，所以我也受到了影響。」

就算我說是「上代」，守景先生也搞不清楚是怎麼回事，所以我說是外婆。

走進山門，通往中門的石板路是平緩的坡道。中門以外的區域可以自由參觀。

「真是個好地方，好像可以洗滌心靈。」

石板路左右兩側是蒼鬱的樹林，樹根被鬆軟的苔蘚蓋住了。我忍不住停下腳步深呼吸。枝頭剛抽芽的新綠宛如無數點亮的蠟燭，這些新生不久的樹葉照亮了暗夜。

守景先生就這樣背著QP妹妹，慢慢走向中門的方向。我走在他身後，維持半步的距離。

「剛才看到你背QP妹妹，我突然想起一件事。」

守景先生靜靜地聽我說話。

「我是由外婆一手帶大的，她很嚴厲，留在記憶中的，幾乎都是痛苦的回憶；但是剛才——」

淚水從眼眶裡滑落，連自己都被嚇到了。但我仍然接著往下說。

「我剛才想起來了，外婆也曾經背過我；她就是在這裡背我的。」

雖然我只是想告訴他這件事，但才剛說完，我就蹲了下來。

我也不知道自己爲什麼會哭得這麼傷心，但淚水不斷湧出眼眶，然後順著臉頰滑落。

「不嫌棄的話，這個借妳用；雖然可能有點髒。」

守景先生遞給我一條手帕，就是他剛才不管QP妹妹不願意，仍硬是幫她擦嘴巴的那條手帕。手帕上有淡淡的咖哩味。

仔細一看，手帕的角落繡了「QP」兩個字母，而且還特地繡成鏡像文字。守景先生是一位很溫柔貼心的爸爸。

「我猜妳外婆一定只會用嚴厲的方式來表達她對妳的愛。」

事實應該就是守景先生說的那樣，但我內心無法擺脫一切爲時已晚的想法。

我站了起來，再度走向中門，手上握著QP妹妹的手帕，但已經被淚水溼透了。

來到中門前，我突然轉過身。

「從這裡看出去的風景最棒。」

有夜晚的味道，可以感受到生命吐出的濃厚氣息。整個鎌倉，上代最喜歡這裡。

「我背妳。」

守景先生突然說道。

QP妹妹已經離開了守景先生的背，用自己的雙腳站在那裡。她張得大大的雙眼看著遠方。那時候的我，年紀也和QP妹妹差不多嗎？不，說不定比她更小。

「也許妳會想起其他的事。」

「沒關係，我已經回想得夠多了。」

「機會難得，就算我謝謝妳今天陪我去偵察。」

我突然回到了現實。他知道我體重幾公斤嗎？他背著十五公斤的QP妹妹走路，就已經很吃力了。

但是，守景先生蹲在地上，做好了準備。

看著他的背影，內心深處突然閃過一個念頭：似乎可以小小地任性一下。

「你千萬不要勉強，眞的只要走幾步就好。」

我把上半身靠在守景先生背上，幾秒鐘後，視野頓時開闊起來。

當年的我應該也很重，但上代爲了讓我看到這片景色，背著我走在石板路上。眼前的確是我曾看過的風景。

「不必放在心上。」

守景先生背著我，用幾乎融化在春夜裡的聲音對我說著。

「啊？」

連樹葉也豎耳細聽我和守景先生的對話。

「不可能不後悔。我也一直後悔，後悔早知道當時應該這樣對我太太、早知道當時不應該說那種話。

「但是，有一天，我終於發現了一件事——其實不能說是我自己發現，而是女兒教我的：

「與其苦苦追尋失去的東西，還不如好好珍惜自己眼前擁有的東西。」

守景先生接著又說：

「如果有誰背起了自己，下次就換自己去背別人。我老婆以前常常背我，所以我現在才能背妳，這樣就足夠了。」

守景先生或許在流淚，但我看不到他的臉。ＱＰ妹妹手裡抓著不知道哪裡採來的野花。

「謝謝你。」

「這個記憶或許可以陪伴我過一輩子。」

我希望把這種想法傳達給守景先生，也傳達給已經不在人世的上代。

和守景父女道別後，我回到家，泡了京番茶。

我準備了三只茶杯，把茶壺裡的熱茶倒進杯子。杯子冒著熱氣。

我把其中一杯放在上代的照片前，另一杯放在壽司子姨婆的照片前，敲了敲銅磬後，合起雙手。

我無論如何都不可能再見到上代和壽司子姨婆，過去我一直抱著一絲期待，希望能再見她們一面，讓一切重來；但是，今天見到守景先生後，我了解到這是不可能的事，而我也必須在沒有上代的世界繼續前進。

我坐在椅子上，把自己的茶放在面前。芭芭拉夫人家走廊的燈今天也發出橘色的光。繡球花即將開始吐芽。

結果，芭芭拉夫人還是沒把繡球花剪掉，去年就枯萎的繡球花仍然維持著地球儀般的形狀。

我喝完第一杯茶後，把書信盒拿到桌子上。

然後，從書信盒裡拿出鋼筆。

這支Waterman鋼筆是我升上高中時，上代送我的禮物。原本在紐約當保險銷售員的路易士．艾臣．華特曼，製作出能讓筆儲存墨水的裝置；換句話說，正是他發明了鋼筆。上代送我的筆款是紀念路易士．艾臣．華特曼發明鋼筆一百週年所推出的「Le Man 100」。

黑色筆身與金色的筆夾及飾環相互輝映，充滿毅然之美的身影，讓人忍不住嘆息。不知道從什麼時候開始，我便一直沒有拿起這枝鋼筆。鋼筆要經常使用，寫出來的字才好看。雖然我明知這個道理，卻不願面對它、忽略它、一直把它丟在那裡。

「對不起。」

我把筆捧在手心，輕輕撫摸著，向它道歉。

撫摸了一會兒，鋼筆漸漸溫暖起來。也許它覺得冷，於是我對它呵著熱氣。希望你從長眠中醒來。我在內心祈禱著，打開了筆蓋。筆尖閃著金色光芒。怎麼可能？但是，無論我再怎麼仔細打量，筆尖上都找不到墨水的痕跡。我不記得自己曾清洗過，一定是上代為我洗乾淨的。

難道是鋼筆在漫長的歲月中靜靜等待，等待我用全新的心情拿起它嗎？

我打開墨水瓶蓋，吸取藍黑色的墨水。

遭到綑綁的話語正在尋求解放。想必是拜守景先生所賜，他對著我那些凍結的話語呵了口熱氣。

我寫信的對象並非其他人，而是上代；我寫了一封長長的信。

阿嬤：

這輩子，我從未這樣喊您，

但我偶爾會在心裡這樣親密地稱呼您。

每年春天，您都會帶著我一邊沿著段葛走向八幡宮，

一邊賞櫻花；

您卻從不回頭看我，只是專心抬頭看著櫻花。

那時候，您心裡在想什麼呢？

我總是走在您後頭半步的距離，連輕碰您的手都不敢，

但是，我相信您也一樣。

您寫了很多信給住在義大利的靜子女士，

在信中毫不掩飾地寫了我的事，

那是我所不認識的您。

您無時無刻不在關心我。

原本以為，
您不會煩惱、不會受傷，也不會感到傷心……
然而事實並非如此，
您總是在煩惱，總是受傷，總是感到傷心。
當年的我太天真、太不成熟，
無法想像您在「上代」的面具下，
是一位和我一樣在人生中痛苦掙扎的無助女性。
最近，我想起以前您經常做給我吃的奶油糖味道，
就是您把煉乳連同鐵罐放在火爐上做出來的奶油糖。
您還記得嗎？老實說，我有很長一段時間都忘了，
不過，在一個偶然的機會中，我想起了這件事。
那天之後，奶油糖始終在我嘴裡，
心情沮喪時，那甜甜的味道就會激勵我。

您住院後，一直在病床上等待我的出現，

但我一直以為您不想再見到我。

您過世的時候，正好是冬季，

接到壽司子姨婆的電話後，雖然我立刻就趕到了鎌倉車站，

但我突然覺得害怕，無法再向前跨出一步。

我知道，這只是藉口，

只是，我無法相信這個世界已經沒有您，

我不願承認您已經死了。

如今，我為此事感到追悔莫及。

早知道，我應該親手為您辦理後事，

如果能和您見最後一面，好好向您道別，

也許就不會像現在這樣，總是懸著一顆心。

對不起。

因為想告訴您這件事，所以我正在提筆寫信。
鎌倉即將迎接繡球花的季節，
而我終於知道，繡球花不是只有花（其實是花萼）漂亮而已，
這是我從住在隔壁的芭芭拉夫人身上學到的。
即使在夏天，芭芭拉夫人也不會把繡球花的花剪掉，
就這樣一直留到冬天。
我向來覺得枯萎的繡球花看起來很寒酸，
但事實並非如此，
繡球花枯萎的姿態依然美麗清爽。
我也終於知道，
除了花以外，枝葉和根，以及被蟲咬的痕跡，
所有的一切都很美麗。
因此，我相信我們之間的關係也一樣，

沒有任何徒然無益的時光——

我真心希望如此。

剛才，守景先生在回家的路上說，他想和我交往。

他是我筆友的爸爸，

也許我將和您一樣，

選擇養育一個並非自己懷胎所生的孩子。

壽福寺的庭院真美，

當我哭鬧時，您曾背著我去看那處庭院的風景對吧。

相隔多年，我再度想起您後背的溫暖，

忍不住流下了眼淚。

謝謝。

我想把當時無法告訴您的這句話獻給您。

您常說「字如其人」。
我目前只能寫出這樣的字，
然而這確實是我的字；
如假包換，是屬於我的字。
請您在天堂和壽司子姨婆一起幸福生活。

鳩子 敬上

此致
雨宮點心子 樣

又及，
我和您一樣成為代筆人，
以後也將繼續以代筆為生。

當我放下鋼筆，全身頓時宛如潮水退潮般感到無力。我就這樣把信紙留在餐桌上，像夢遊者似的走向沙發。睡意立刻襲來。

睡夢中，我站在一座橋上。

上代站在我旁邊。即使沒看到她的臉，我也可以憑氣息知道是她。

橋上還聚集了很多我認識的人。

牽著我的手的，是QP妹妹嗎？站在她旁邊的，應該是守景先生。

芭芭拉夫人和壽司子姨婆也在。

男爵和胖蒂穿著相同的橫條紋T恤。

站在我身後的，大概是小舞和她的家人吧？可爾必思夫人和她的孫女木偶妹妹也在。

一個我不認識，卻覺得非常熟悉的女人站在不遠處。是母親嗎？她一定是生下我的母親。

那座橋就是架在附近二階堂川上的橋，潺潺流水愉快地哼著歌。

「啊！」

有人叫了一聲，指著河面。

小小的亮光穿越黑暗。

是螢火蟲。沒錯，每年都有螢火蟲在這條河邊飛舞。

許多人都站在小橋上看著螢火蟲。

「啊！」

又有人叫了一聲。

螢火蟲輕飄飄、輕飄飄地隨興優雅飛舞著。

許多人靜靜注視著螢火蟲的微光。雖然只是如此而已，卻令人倍感幸福。

當我醒來時，一時分不清那是夢境還是現實。

我好像曾和上代一起在橋上看過螢火蟲，卻又好像從未有過這種經驗。但我覺得這不重要，我的內心仍然有著照亮黑夜的微光殘影。

改天我也要寫信給母親。我覺得上代希望我這麼做。相信應該還來得及。

窗外，天色已經微亮。

八幡宮源平池的蓮花說不定快開了。

我把放在桌上、寫給上代的信摺好，裝進信封裡。

鳥兒熱鬧地嘰嘰喳喳，似乎啄著夜晚的餘韻。

Eurasian Publishing Group
圓神出版事業機構
用心與你對話．網野無限寬廣
圓神出版社
Eurasian Press
www.booklife.com.tw
reader@mail.eurasian.com.tw
小說緣廊 006

山茶花文具店

ツバキ文具店

作　　者／小川糸
譯　　者／王蘊潔
發 行 人／簡志忠
出 版 者／圓神出版社有限公司
地　　址／台北市南京東路四段50號6樓之1
電　　話／（02）2579-6600・2579-8800・2570-3939
傳　　真／（02）2579-0338・2577-3220・2570-3636
總 編 輯／陳秋月
書系主編／李宛蓁
責任編輯／林雅萩
美術編輯／林雅錚
封面插畫／shun shun
手寫書信／荷馬、張國元、涂大節、陳薏安、Sam、周進寶、陳荳荳、鵜玓、范寬、吳恬綠、張思婷
鉛字書信／日星鑄字行
行銷企畫／陳姵蒨、陳禹伶
印務統籌／劉鳳剛・高榮祥
監　　印／高榮祥
校　　對／林雅萩、李宛蓁
排　　版／陳采淇
經 銷 商／叩應股份有限公司
郵撥帳號／18707239
法律顧問／圓神出版事業機構法律顧問　蕭雄淋律師
印　　刷／祥峯印刷廠
2017年08月　初版
2024年01月　40刷

定價 340 元
ISBN 978-986-133-627-5

猛然停下腳步思考時，發現我還不知道自己的字，
我還沒能邂逅像是在體內流動的血液般、代表我這個人的字。
我的字將如同自己的分身，
無論擷取其中任何一部分，都充滿我的基因。

——小川糸，《山茶花文具店》

國家圖書館出版品預行編目資料

山茶花文具店／小川糸 著，王蘊潔 譯
-- 初版 -- 臺北市：圓神，2017.08，
288 面；14.8×20.8 公分 --（小說緣廊：6）
譯自：ツバキ文具店

ISBN 978-986-133-627-5 （平裝）

861.57 106010542